愛しい少女は
花嫁衣装に身を包んでいる。
なんて綺麗なのだろう。
思わず見惚れていると、
愛しい少女はツンと尖った耳を
真っ赤にして小刻みに震わせた。
「あの、ザガンさま。
その、なにかお言葉をいただけると
嬉しいと申しましょうか……」

周囲の〈雪月花〉が
黒く燃え上がり〈天燐〉へと裏返る。
それらを取り込み、瞬時に身の丈の
数倍はあろうかという
巨大な刃が紡ぎ上げられた。
「——〈天燐・一刀〉——」

魔王の俺が奴隷エルフを嫁にしたんだが、どう愛でればいい？18

手島史詞

HJ文庫
1152

ザガン

本作の主人公。

幼いころとある魔術師に実験用として攫われ、逆に魔術師を暗殺してその財産と知識を手に入れた。

ネフィに一目惚れして買い取るが、初めて人に好意を持ったためにどう扱っていいのか悩んでいる。

ネフィ

白い髪を持つ珍しいエルフの少女。愛称はネフィ。魔力の高いエルフの中でも際立って魔力が高く、
“呪い子”として扱われていた。自分のことを「必要だ」と言ってくれたザガンに少しずつ好意を抱いていく。

バルバロス

ザガンの悪友。魔術師としての腕はかなりのもので、次期<魔王>候補の一人であった。シャスティルのポンコツっぷりに頭を悩ませながらも放っておけない。

シャスティル・リルクヴィスト

聖剣の継承者で聖剣の乙女と呼ばれる少女。剣の達人だが真面目すぎて騙されやすい。近頃は護衛役の魔術師バルバロスとの仲を周りに疑われているが絶賛否定中。

アスモデウス

≪蒐集士≫の二つ名を持つ<魔王>の一人。
他の<魔王>たちにも一目置かれる絶大な力を持ち、煌輝石を集めるために活動する。

リリス

夢魔の姫。現在はフルカスとセルフィから熱烈なアプローチを受け、やや困惑中。実はザガンとは遠い血縁関係にある。

フルカス

≪狭間猫≫の異名をとる空間魔法に長けた<魔王>。"結界"を超えたことが原因で記憶を失い精神的にも退行してしまう。想いを寄せるリリスを守るために、ザガンの庇護の下で一から修行することに。

マルコシアス

かつて≪最長老≫と呼ばれた<魔王>。
<ネフェリム>として蘇り、複数の<魔王>たちを集めて暗躍する。

Contents

口絵・本文イラスト　COMTA

✡ プロローグ

「ザガンさま。わたし、幸せです」

純白のドレスに身を包んで、ネフィはそう微笑んだ。

真っ白な髪に負けず劣らずの白。光を受けたそれは白銀に輝いていて、月の精霊のように神々しくも厳かだった。胸元や肘まである手袋には月桂樹の紋様が金糸で刺繍され、床の上にまで大きく広がった裾にはいくつものレースがフリルを作っている。

手には淡い桃色や白の花々を束ねたブーケ。頭には銀の冠と、薄らと透けるヴェールをかぶり、花嫁を守るようにその顔を隠している。

感嘆の吐息がもれる。

そんな姿に、ザガンはただ胸を押さえることしかできなかった。

——なんて美しい……。

どれほど使い古され、陳腐な言葉だとしても、それ以外の言葉が出てこない。

そう、愛(いと)しい少女は花嫁衣装(ウエディングドレス)に身を包んでいるのだ。

自分の格好を確かめると、ザガンまで真っ白な燕尾服(えんびふく)に身を包んでいる。

まさに、結婚式(けっこんしき)のその瞬間(しゅんかん)だ。

——ああ、なるほど夢か。

リリスあたりの仕業(しわざ)だろう。今回の旅行にも連れてきているし、なにか妙(みょう)な気を利(き)かせた可能性は高い。まったく、余計なことをしてくれる。

だがまあ、決して悪い気のする夢ではない。

欲を言うなら、ザガンが求婚(きゅうこん)した上でこれを着せてあげたかったということか。夢で先に見てしまうのはもったいないというか、実際に見たときの嬉(うれ)しさが半減してしまうような惜(お)しさがある。

それにしても、なんて綺麗(きれい)なのだろう。

思わず見蕩(みと)れていると、愛しい少女はツンと尖(とが)った耳を真っ赤にして小刻みに震(ふる)わせた。

「あの、ザガンさま。その、なにかお言葉をいただけると嬉しいと申しましょうか……」

「——はっ、すまん！　ネフィのあまりの美しさに意識が飛んでいた！」

「ひうぅっ？」

愛しい少女が花嫁衣装に身を包んでいる。

——あれぇ？　夢じゃないの、これ？

夢のような光景だが、どうにも現実らしい。

「うぅ……っ、本当に綺麗だぞ、ネフィ。あなたたちの結婚姿を見届けることができて、私はもう思い残すことはない」

「おいこら、勝手に死んでんじゃねえぞ」

「い、いまのは言葉の綾だ！　わかるだろう？　私だって、あなたを置いてそう簡単に死ぬつもりはないというか……」

「はーっ？　なに恥ずかしいこと言ってんのっ？」

……やはり夢かもしれない。

よく見ると神父役はシャスティルだし、その隣でバルバロスの馬鹿と痴話ゲンカをしている。夢か現実かは知らないが、場をわきまえて欲しい。

だが、ここで殴るとせっかくのネフィの花嫁衣装が返り血で汚れかねない。ザガンは理性を働かせてグッと堪えた。

「あがががががっ」

「ザガン！　私たちが悪かったからその手を放してやってくれ！　バルバロスの頭がなく

なっちゃう！」

メリメリとバルバロスの頭蓋骨が軋む音に、シャスティルが悲鳴を上げる。どうやら殴るのを我慢したら無意識のうちに顔面を鷲摑みにしていたようだが、まあどうでもいい話である。

白目を剥いたバルバロスをぽいっと捨てて、ザガンは思う。

――なんでこんなことになったんだっけ？

ことの発端は、数日前……いや、ひと月前のことだった。

第一章 ✡ 自分を知る者ほど、やるべきことを明白に持っているものである

「――それで、お前が《雷甲（らいこう）》のフルフルか」

古都アリストクラテスにて《殺人卿（さつじんきょう）》グラシャラボラスを撃退（げきたい）した、そして《傀儡公（くぐつこう）》フォルネウスを守れなかった、その翌朝。

ザガンの目の前にはひと組の少年少女の姿があった。その問いかけに、少年の方がビクリと身を震わせる。

ため息を堪えきれないその声は、ずいぶんと威圧的（いあつてき）なものになってしまったのだ。

少年の方は簡素な礼服姿であるが、その背には聖剣（せいけん）が担（かつ）がれている。ザガンとはほぼ初対面で、共生派（シャスティルの派閥）の聖騎士というわけでもない。にも拘（かか）わらず洗礼鎧（せんれいがい）を身に着けていないのは、先の戦闘（せんとう）で粉砕（ふんさい）されてしまったからである。

歳（とし）は十六になったばかりだという。聖剣所持者にしてはずいぶん気が弱そうというか、おどおどしているというか、とにかく平凡（へいぼん）な顔立ちをしている。ザガンも次に出会ったときに顔を覚えている自信がない。まあ、聞けば一年前までただの農夫だったというのだか

ら無理はないだろう。

少年の名はミーカ・サラヴァーラ。聖剣〈ハニエル〉の所持者である。

だが、ザガンが呼びかけたのはこちらではない。

その隣に立つ、侍女姿の少女だった。

濡れ羽色の髪に、菫色の瞳。ふんだんなフリルで飾られたヘッドドレスとエプロン。足首まで隠す長いワンピースに、肘まである白手袋。変化に乏しい表情といい、なんだか出会ったばかりのころのネフィを思い出す容姿である。

――そういえば最近、ネフィの侍女服姿見てないなあ。

ネフィも〈魔王〉になったことで、ここのところはいつも正装なのだ。あの凛とした衣装も美しくて大変眼福だが、普段の侍女服も恋しい。

――あ、いやこいつの話だったな。

錬金術の始祖にして〈魔王〉の一角《傀儡公》フォルネウスとの接触は、失敗に終わった。ザガンがシャックスと黒花を交渉に差し向けたのと同じく、マルコシアスも《殺人卿》という刺客を放っていたのだ。

結果として、フォルネウスは死んだ。

ザガンが配下を失うことはなかったが、得るべきものを得られなかったのだ。

だが、なにも得られなかったわけでもない。

そのうちのひとつが、目の前のフルフルという少女だった。

フルフルはスカートの裾を持ち上げると小さく腰を折る。キイッと、扉でも軋むような音が聞こえた。

「はい。人造魂魄搭載型雷電駆動式装甲人形《雷甲》フルフル、言います」

そう、この少女こそ先代〈魔王〉フォルネウスの最高傑作にして、その〈魔王の刻印〉を受け継いだ愛娘なのだ。

――聖剣から天使を解放するにはこいつが必要だが、まずは身の振り方だな……。

他者に自分の意思を伝える術を奪われたという、フォルネウスの事情を考えるとこの少女がその知識を継承しているとは思えない。それでも、この人形の身体を調べれば多くの情報を得られるだろう。

だが、シャックスと黒花はこの少女を人として扱うことを望んでいる。ならば、王たるザガンがそれを無下に扱うわけにはいかない。

玉座で足を組み、ザガンは威圧的に告げる。

「フルフルとやら。俺が貴様に提示できる選択肢は、ふたつだ」

そう告げて、人差し指を立てる。

「ひとつ。ここで〈魔王の刻印〉を手放し、ただの人として静かに生きることだ。そこのガキと連れ合いになるのもいいだろう。俺が生きている限りは、身の安全くらいは保障してやる」

人形の体で人間と同じように生きられるかという問題はあるが、そこまで面倒を見る義理はない。嫌ならオリアスのように人里離れた森などでひっそりと暮らせばいい。フルフルが望む平穏を庇護することはできる。

——バルバロスに与える〈魔王の刻印〉も必要だからな。

先日のシャスティルとの件でずいぶんおもちゃにしたのだ。〈刻印〉くらいの報酬はあってもいい。そんなふうにザガンが用意した〈刻印〉を果たしてあの男が受け取るのかという問題はあるが、あの悪友が〈魔王〉である方が聖騎士との融和には都合がよかった。

〈刻印〉を捨てるということが、フルフルにとってなにを意味するのか。隣の少年もなにも知らないわけではないのだろう。ミーカはキュッと唇を結んでいた。

それを横目に、ザガンは二本目の指を立てる。

「ふたつ。フォルネウスの〈刻印〉を継ぎ、次の〈魔王〉として生きることだ。俺はフォルネウスの知識が欲しい。協力するなら、魔術師としての教養を与えてやろう。だが、そのガキのことは諦めろ。魔術師の身で聖剣所持者と連れ合いになるには、貴様は弱すぎる」

かつての魔王候補とはいえ、マルコシアスが策動するいまに〈魔王〉となるにはこの少女は弱すぎる。すぐに〈刻印〉を奪われて殺されるだけだ。

彼女が〈魔王〉であるためには後ろ盾が必要なのだ。

だから、フルフルは選ばなければならない。

フォルネウスの遺産を諦めてミーカと生きるのか、ミーカを諦めてフォルネウスの遺志を継ぐのか。

フルフルはガラス玉の瞳を真っ直ぐ向けて、はっきりとこう答えた。


「どちらも嫌、断るします」


「ほう……？」

ザガンが面白がるような声をもらすと、ミーカが顔を青くしてフルフルの手を引く。

（フ、フルフルさん！　ダメだよ。この人、前のグラシャラボラスってやつより強いんだ。俺たちなんかじゃ勝ち目はないよ）

存外に現状を正しく把握していたらしい。

なのだが、フルフルは譲らず、右手の〈刻印〉に視線を落とす。

「この〈刻印〉はご主人さまが最期に残す、託してくれたものです。誰にも渡せない、大切、必要なものです」

それから、ミーカの手をギュッと握る。

「でも、ミーカさんも同じくらい大切、重要です。ご主人さまは、自分の命よりミーカさんの命を選ぶする、しました。ご主人さまと同じだけ大切で、必要です」

人形の少女は胸を押さえて一度目を閉じると、毅然として顔を上げる。

「私は知りたい。ご主人さまはなぜ、あのとき笑っていなくなったのか」

――『笑いから始まる友情は決して悪いものではない。それが笑いによって締めくくられるなら、この上ないことだ』――

偉大な錬金術の始祖は、そう言い残して消えていった。

その言葉の意味は、ザガンが推し量るには余りある。

「その答えを知るには、この〈刻印〉もミーカさんもなくてはいけない、思うします」

「フルフルさん……」

ザガンは玉座で肘を突くと、堪えきれなくなったように笑う。

「どちらもよこせとは、欲が深いな。なるほど、その欲深さは確かに人形ではない。人間そのものだ」

人形は欲など持たない。自分の意志など持っていないのだから。

隣でいよいよ蒼白になるミーカを黙殺して、ザガンはビシッとフルフルを指差した。

「気に入った。聖騎士どもには話を付けておいてやる。貴様は〈魔王〉として学べ」

その言葉に、ミーカがポカンとして口を開ける。

「え、え……？」

「——坊主は嬢ちゃんといっしょにいていいし、嬢ちゃんもフォルネウスの〈刻印〉を持っていいってことだよ」

そう言って、ミーカの頭にポンと手を置いたのはシャックスだった。

以前は猫背で、いかにも頼りなくくたびれた白衣を愛用していたのだが、いまは背筋もしゃんとして品のあるローブをまとっている。〈魔王〉としても威厳が備わってきたようだ。

無精髭だけは、いまも変わらず無造作に生えたままだが。

彼と行動を共にしている黒花の姿はない。ひと月ぶりの帰還ゆえ、彼女も会って話すべき相手が何人もいるのだ。いまは確か教会の方に出向いているはずだ。

「ボス、あまりこいつらをいじめてもらっちゃ困るぜ？」

ではない」

「冗談を言うな。俺はこいつらを知らん。見も知らん連中を庇護するほど、俺はお人好し

だから、見極める必要があったのだ。

シャックスは苦笑する。

「まあ、ボスのお眼鏡にかなったようで安心したぜ」

「……ふん。なにも選べんような〝人形〟なら研究資材に回せたのだがな」

もっとも、シャックスと黒花が揃って保護を嘆願するような相手が、そんな人形であるはずがないだろうこともわかってはいた。

人が人である証は、意志の有無だと思う。

意志を持たない人間は、人形と同じだ。

フルフルは選んだ。それも、ザガンが示さなかった選択肢を選んだのだ。これを人形とは呼ばない。だから、庇護する。選ばないのと選べないのは違うのだから。

状況が飲み込めていないのか、ミーカが信じられないというような声を上げる。

「あの、よくわからないんですけど、聖騎士に話を通すって……どういうことですか？」

まあ、聖騎士として一番気になるのはそこだろう。

ザガンはさもどうでもよさそうに答える。

「聖剣所持者とはいえ、新しい〈魔王〉の監視とでも名目を立てれば誰も文句は言えんだろう。適当に近況でも報告しておけ。それに貴様らが聖騎士長と〈魔王〉というのも都合がいい。民衆はふたつ目の娯楽にさぞ大喜びするだろう」

そういう意味でも、バルバロスとシャスティルは非常に役に立ってくれた。

あのふたりの恋バナ暴露のおかげで、教会の実権を握っている枢機卿たちは迂闊な発言ができなくなったのだ。彼らは民衆からの支持が失われれば一瞬で失脚するのだから。

反面、聖騎士は魔術師への抑止力という現実がある以上、支持が失われたとしても必要とされ続ける。形は変わることになるかもしれないが、完全に失われることはない。

ミーカも誰のことを言っているのか気付いたのだろう。愕然として声を上げる。

「ふたつ目って……まさか、あれって本当にあんたの仕業だったのかっ……ですか？」

「なんのことかわからんな」

ザガンは堂々と白を切った。

――だって、俺もゴメリがあそこまでやるとは思わなかったし……。

いまでもちょっと怖いのだ。できれば言及したくない。

ミーカはそれでも納得いかないようにつぶやく。

「言ってることはわからないでもないですけど、そもそもどうやって教会に話を通すんで

すか？　聖騎士長と言っても俺、序列も最下位ですし、あまり大きなことを言える立場でもないんですけど……」

「そこは気にする必要はない。教会は現在教皇不在で、ろくに決定権を持つ者がおらんからな。この程度なら共生派あたりから話をねじ込めば通るだろう」

シャスティルひとりの声で届かなくても、協力を取り付ける聖剣は何本かある。それでも通らなければ、オベロンことオリアスを頼るという手段もある。そう難しい話ではないのだ。いまは。

まさかそこまで教会内での力が大きいとは思わなかったのだろう。ミーカは圧倒されたのかへなへなと尻餅をついた。

ザガンはフルフルに視線を戻す。

「師を失った直後だ。気持ちの整理を付ける時間を与えてやりたいところだが、貴様の立場は危うい。俺が庇護するとしてもだ。だから、まずは〈魔王〉を名乗れるだけの力を付けてもらおうか」

「妥当、必然？　思う、するします」

グラシャラボラスとの戦いでなにも感じなかったわけではないのだろう。フルフルは存外素直に了承した。

であれば、誰か師を立てる必要があるのだが……。

——アンドレアルフスは……いま、それどころじゃないからな。

魔術師としても聖騎士としても最強だったあの男は、このふたりを鍛(きた)え直すにはこの上ない適任者だろう。

だが、彼が帰ったラジエルでは現在、非常に厄介(やっかい)な事態が発生している。

——まさかシェムハザが、ラジエルに流れ着いているとは……。

魔族(まぞく)の知性体にして一万もの集合体である最悪の存在シェムハザ。ザガンとて一対一(いったいいち)では倒(たお)しきれなかった怪物(かいぶつ)だ。いや、怪物というより現象だろうか。全盛期(ぜんせいき)のアンドレアルフスでも、あれを倒すことは不可能だろう。

そんな存在が、どういうわけかラジエルで観測されたのだ。

生きているだろうとは思っていたが、目的がわからない。ザガンとの戦いの傷でも癒(いや)しているのか、ひとまず動く様子はないという。

——元々、なにかを試(ため)しにきたようだったからな。

下手に刺激(しげき)するのは悪手ではあるが、かといって無視するわけにもいかない。それゆえ、アンドレアルフスに監視を任せたのだった。

なので、弟子(でし)の育成どころではない。

――あいつ、隠居したがってたのになあ……。

さすがにザガンでも気の毒に思う。上等な煙草でも見つけたら、労いに送ってやってもいいだろう。

同じ元〈魔王〉ならオリアスもいるが、彼女はネフィとネフテロスというふたりの娘に付きっきりだ。義母に対してその時間を割けというほど、ザガンの中でフルフルたちの重要度は高くない。

実力の上ではフォルやシャックスも申し分ないだろう。彼らには剣を扱う配下や連れ合いがいる。だが、彼らも他人に魔術の――専門分野外の魔術を〈魔王〉クラスに――手解きできるほどではない。

残る選択肢はザガン自身が教えるということくらいだが、現在でもすでになにかと面倒を見る相手が増えて忙しいのに、これ以上ネフィとの時間を削られるというのはごめんである。

となると、誰なら師として足りうるか。

「――ふっ、王よ！　誰かお忘れではないか？　妾に任せれば《煉獄》めを超える愛で力の持ち主に育ててあげてみせるぞえ？」

「お前はそこで正座でもしていろ」

どこから盗み聞きしていたのか、呼んでもいないおばあちゃんがしたり顔で立っていたので叱っておく。

そこに、獅子の顔を持つ巨漢の青年がやんわりと諭すように語りかける。

「ほら、ゴメリさん。僕もいっしょに正座してあげますからちゃんと謝りましょう？　言ったじゃないですか、今回はデリケートな話だって」

「黙れキメリエス！　これほどの愛で力を前に黙っておれるほど、妾がものわかりがいいとでも思うのか」

「ものわかりが悪いから叱られてるんですよ？」

最近は別行動の多かったこのふたりだが、本日はちょうど顔を合わせていた。獅子獣人のキメリエスも、実家に帰ってきたような安心した顔でゴメリの隣に座った。

腕を組んで頭を悩ませていると、コンコンと玉座の間の扉が叩かれた。

「ザガンさーん、帰ってきたって聞いたッスよ！」

「ちょっと待つんだセルフィ。来客中みたいじゃないか」

「えー？　でも、ゴメリ姐さんたちは普通に入ってたじゃないッスか」

まるで空気を読む気がない脳天気な声を響かせ、玉座の間に入ってきたのは人魚の少女セルフィだった。

――ああもう、こっちはこいつらを任せられる人間を探して忙しいのに……。

剣と魔術の両方を教えられるような都合のいい人間など、そうそういるはずも……。

「セルフィ、僕の用事はあとでいい。ここは出直そう？」

続いて顔を見せた少年の姿に、ザガンが抱えていた問題のひとつが解決した。

「あ、いた」

「え、なにが？」

セルフィといっしょに来たのは、ザガンの父親であり、初代〈魔王〉筆頭でもある二代目銀眼の王ルシア――その〈ネフェリム〉であるアインだった。

事情を話すと、アインは彼らの面倒を見ることを引き受けてくれるのだった。

となると住む場所が必要だろうから、前まで住んでいた森の中の古城を提供することにした。別にこの魔王殿でもかまわないのだが、彼は生前の自分とは決別することを選んだ。

なのにアルシエラと頻繁に顔を合わせるのは気まずいだろうから。

そうしてお開きにしようとすると、最後にシャックスが口を開いた。

「――ボス、解散する前に、俺からも話がある」

「ああ、わかっている」

ザガンも、その話の内容には察しがついていた。

◇

〈魔王〉ザガンとの謁見を終えたミーカは、どういうわけか厨房に立たされていた。

ちなみに、フルフルも先ほど玉座の間に来た少女に手を引かれ、厨房を案内されている。

いまは不安よりも困惑の方が勝っているのだろう。一度だけミーカの方に視線を向けたが、あれよあれよという間に厨房の奥へと連れて行かれてしまった。

「なあなあ、キミって新入りか？」

「へええ、フルフルちゃんっていうんスか。可愛いお名前ッスね。自分はセルフィっていうんスよ。魔術師さんッスか？　お料理できるッスか？　できなくてもラーファエルさんがちゃんと教えてくれるから大丈夫ッスよ！」

「努力、勤勉？　がんばるするします」

侍女服だから使用人と勘違いされているのかと思ったが、なんだかそういうわけでもなさそうなのが余計にわからない。

ちなみに、厨房には緑の髪をした小さな女の子がいるのだが、その幼女はフルフルを見るとビクッと身を震わせていた。まあ、フルフルはあまり感情が表に出ないから怖かったのかもしれない。

そこで立ち尽くしていると、自分と同じくらいの歳の少年が気安げに話しかけてきたのだ。栗色の髪に青い瞳をした少年で、彼も魔術師なのかずいぶんボロボロのローブに袖を通している。

「え、いや……？　そう、なのかな？」

なんで自分がこんなところにいるのかもわかっていないミーカは、困惑の色濃い曖昧な返事をした。

少年はニッと笑う。

「俺、フルカスって言うんだ！　同年代のやつってあんまりいないから嬉しいぜ」

「あ、どうも。俺は、ミーカ・サラヴァーラ。ミーカって呼んでくれたらいいよ」

「そっか。よろしくな、ミーカ」

挨拶も上の空で、ミーカが気に懸けていたのは厨房を取り仕切っているらしい初老の紳

士だった。執事のような燕尾服を着ているが、あの顔と傷は見紛おうはずもない。

「ね、ねえ、フルカス。ちょっと聞きたいんだけど、あの人って……」

「ラーファエルさんのことか？　ここの執事さんでシェフもやってるすごい人だぜ！」

「…………」

ミーカは頭を抱えた。


——なんでヒュランデル卿が執事とかシェフとかやってるのっ？


聖騎士長の中でも最古参で、屈指の強さを誇っていたのが彼だったはずだ。どうやら教会の内紛に巻き込まれて、共生派と懇意の〈魔王〉の元に身を隠しているらしいというのはぼんやり知っているが、あまりに想像とかけ離れた状況である。

初めは自分の幻覚かなにかではないかと疑ったが、どうにも現実のようだ。夢であってほしかった。

そんなミーカをどう見たのか、フルカスが不思議そうに首を傾げる。

「ミーカは料理は苦手か？　大丈夫だぞ。ラーファエルさん、顔は怖いけど丁寧に教えてくれるし、俺でも手伝いできるくらいだし」

「いや、料理なら家でよくやってたから大丈夫だけど……」

故郷を離れて一週間になる。

——エイラたち、大丈夫かな……。

ミーカの不在中は街の司祭が家の面倒を見てくれているのだが、いまの自分が教会でどういう扱いになっているのかわからない。

ザガンは安全を保障してくれると言ってくれたが、そう簡単な話には思えない。先日の一件で戦死扱いされているかもしれないし、いまの状況から内通者とかにされていてもおかしくはない。

不安で胃が痛くなってくると、フルカスがそっと椅子(いす)を差し出してくれた。

「料理できるんなら、皮むきとかできるか？　俺、下手だから手伝ってくれよ」

「あ、うん」

ナイフとジャガイモを手渡(てわた)され、ミーカも半ば無意識に芋(いも)の皮を剥き始める。

フルフルの方を気に懸けて視線を向けてみると、彼女もサラダ作りを任されたようで、鍋(なべ)にパスタを茹(ゆ)でている。

——あっちは、大丈夫そうかな？

ひとまず危険はなさそうだ。それを確かめてフルカスに視線を戻すと、彼は楽しげに口

を開く。

「ラーファエルさんの作るご飯はすげえ美味しいんだぜ？　食べたら元気が出るよ」

どうやら、彼なりに励ましてくれているらしい。

「あ、ありがとう。キミ、優しいんだな」

「はは、ここにいるのは、みんな苦労してきた人ばかりだからな。俺もよくしてもらってるし、それを真似してるだけだよ」

まあ、ミーカと歳も変わらないように見えるのに、〈魔王〉の城で働いて（？）いるのだ。苦労がないはずもなかろう。

「フルカスは、なんでここにいるの？」

なにげなく問いかけたつもりだったが、フルカスは説明に困ったようにジャガイモの皮を剥きながら頭を捻る。

「実は俺、昔のことをなんにも覚えてないんだ」

「え、記憶がないのかい？」

「うん。なんか滅茶苦茶危ないところに迷い込んじゃって、それで死にかけてたところをザガンのアニキとリリスに助けてもらったんだ。あ、リリスっていうのはそこでスープ作ってる赤い髪の、すごく綺麗で可愛い子な！」

フルカスが示した先には、気の強そうな少女の姿があった。赤い髪に金色の瞳。歳はフルカスと同じくらいだろうか。ずいぶん露出の高い衣装の上にエプロンを巻いているが、ミーカが気になったのは頭から生えた捻れた角だった。

あの手の角を持つ種族は、だいたいみんな希少種だ。〈魔王〉というか魔術師の下で生かされていること自体が奇跡的なはずだが、どういうわけか命の危険に晒されているようには見えない。

——フルカスは、あの子のことが好きなのかな？

わかりやすく言葉に熱を込める少年に、ミーカはそう察した。

「綺麗な子だね。あの子も魔術師なの？」

「ううん。リリスはリュカオーンのお姫さまだぞ」

「お姫さまがなんで厨房でスープ作ってるのっ？」

命は保障されていても、やはり虐げられているのだろうか？

フルカスはなぜか懐かしそうに笑う。

「ははは、俺も初めてここに来たとき同じこと言った。それとあっちで他の新人さん案内してるセルフィさんも別の家のお姫さまだよ」

それで厨房の主は最恐の聖騎士長である。

「どうなってるの、ここ……」

「あ、それであっちの肉料理作ってる白い髪の綺麗な人がネフィさん。アニキの彼女だから失礼のないようにな」

「アニキって、〈魔王〉ザガンのこと？　普通に恋人とかいるんだ……」

そういえば、ラジエルの宝物庫が襲撃された事件で、ザガンの隣にいたエルフの美人が彼女だったような気がする。

「おう。それでその隣にいる緑の髪のお嬢さんがフォルちゃん。アニキとネフィさんの娘さんだからな」

「あんな大きな子供がいる歳だったの？」

魔術師は見た目通りの歳とは限らないものだが、なんというかザガンも目の前のエルフも年相応に見えていた。

なのだが、フルカスは首を横に振る。

「ううん。血の繋がりはないんだって。フォルちゃん、竜だし」

「竜って実在するのっ？」

そっちの方が衝撃だった。竜など、絵本の中の存在だとばかり思っていた。

「あとアニキの次くらいに強い〈魔王〉だぞ」

「竜で〈魔王〉っておかしいだろ！」

「ネフィさんも最近〈魔王〉になったんだよ」

「〈魔王〉ってそんな簡単になれるもんなのっ？」

どいうか、ザガンはいったい何人の〈魔王〉を抱えているのだろう。《虎(とら)の王》シャックスだって新しい〈魔王〉のひとりだったはずだ。

驚(おどろ)きすぎてぜえぜえと肩(かた)で息をしていると、フルカスが楽しそうに笑った。

「ははは、ミーカって期待通りの反応してくれるからおもしろいな」

「人で遊ぶなよ」

「でも、少しは元気出たろ？」

その言葉に、ミーカもハッとさせられた。

――そうか。俺、ずっと暗い顔してたから……。

だから彼はからかい混じりに元気づけてくれたのだ。

「ありがとう、フルカス」

「俺はなにもしてないぞ？」

と、そこでミーカは気付いてしまう。

ネフィとフォルの右手には、同じような紋章(もんしょう)が浮(う)かんでいる。〈魔王〉ザガンとシャッ

クスの右手にもあったはずだ。

それと同じものが、フルカスの右手にもあった。

「フルカス、ひとつ聞いてもいいかな……。キミの、その手の紋章って……」

「ああ、これか？　〈魔王の刻印〉っていうらしい」

まさかこの少年まで〈魔王〉だとは思わなかった。気安く話してしまったミーカは震え上がるが、フルカスは少し困ったように言う。

「これ、本当は俺なんかより持つべき人がいると思うんだけど、俺が記憶をなくす前から持ってるものだから、持っとけってアニキが……」

「そうだったんだ……」

ミーカは己を恥じた。

フルカスは初対面の自分にもこんなに優しくしてくれたのに、ミーカは〈魔王の刻印〉を持つというだけで、一瞬とはいえ怯えてしまった。彼にとっては、自分の過去への唯一の手がかりなのかもしれないというのに。

それに、とミーカはフルカスの隣に積み上げられたジャガイモの山に目を向ける。彼は手伝ってくれと言ったが、すでにミーカより多くの皮を剥き終えている。

彼は手伝いなど必要としていなかったが、ミーカが途方に暮れていたから仕事をくれた

のだ。人間、やることがあると余計なことを考えずに済むのだから。

——いいやつだな。

自然と、友達になりたいと思えた。

「フルカスはすごいな。俺、聖剣なんてもらっても、聖騎士長の中で一番弱いし、いまもなんで俺なんかがこんなよくしてもらってるのかわからないのに……」

「そんなこと言うもんじゃないぞ。俺だって、この〈刻印〉を持ってる人間の中じゃ、間違いなく一番弱いよ」

自らを〈魔王〉と呼ばないのは、そのことを誰よりも理解しているからなのだろう。

だが、フルカスの声はミーカのようにいじけたものではなかった。

「でも、アニキやリリスはそんな俺を助けてくれた。〈刻印〉を取り上げることだってできたのに、俺に強くなれって言って、支えてくれたんだ。俺は、そんな恩に報いたい」

フルカスはミーカを真っ直ぐ見る。

「ミーカにだって、そういう人、いるんだろ？」

そう言って、ちらりと厨房の奥のフルフルに視線を向けた。

——やっぱり、フルカスはすごいよ。

でも、だからこそ彼とフルフルに情けない姿は見られたくないと感じた。

「……うん。俺も、俺によくしてくれた人たちに誇れるような人間になりたい」

少年ふたりは、そう言って笑い合うのだった。

ただ、ひと通り説明を受けて、ミーカはやはり頭を抱えることになる。

「でも王族に聖騎士長に〈魔王〉って、ここの厨房普通の人いないの？」

「なに言ってんだ。ミーカだって聖剣所持者なんだろ？」

「…………………」

言われてみればそうだった。

いまさらながら、ミーカはとっくの昔に自分が望む〝平穏〟だとか〝普通〟だとかとは縁遠いところにいたことを自覚する。

「――あら、また人が増えたんですのね」

と、そこにまた別の声が厨房に入ってくる。

金色の髪に月の色をした瞳。真っ黒なドレスに身を包んだ、小さな女の子だった。フォルと呼ばれた幼女と同じか、もう少し上くらいだろうか。

「あの子は、アルシエラさん。吸血鬼らしいよ」

「本当に普通の人いないんだね」

とはいえ、聖剣所持者とか〈魔王〉とかの肩書きがない分、いままでの中では一番普通

なのかもしれないが。

「あの子、千年くらい生きてる未亡人で、ザガンのアニキのお母さんなんだ」

「いままでで一番濃いやつなのかよっ！」

思わず声を荒らげると、吸血鬼らしい少女はビクッとして跳び上がった。

「え、え、なんなんですの？」

「アルシエラ。新しい子だから」

「ああ……」

なんかこう〝これから自分と同じような目に遭うんだ〟とでも言わんばかりに気の毒そうな目を向けられるのだった。

〈魔王〉の城が普通の場所であるはずがないとはわかっていたつもりだが、想像を遥かに超えていた。

——もう、いいや。なるようになるしかない……。

ミーカは考えるのをやめた。

◇

「――どうやら、キミはまたいろいろ抱え込んでいるようだね、ザガン」

フルフルたちが去り、玉座の間にはザガンとアイン、そしてシャックスの三人だけが残された。

そこでまず口を開いたのがアインだったのだ。

ひとまずフルフルとミーカの件は、アインに任せておけば問題ないだろう。フルフルを人間として扱う以上、聖剣から天使を解放する方法については、最低限彼女が〈魔王〉たり得るくらいに強くなってからだ。

ザガンは唸る。

「抱えるつもりはないのだがな。いつの間にかこうなっている」

「ふふふ、僕はキミのそういうところ、嫌いじゃないよ」

「……ふん」

どういうわけか言い返せなくて、ザガンは思わず顔を背けた。

他の誰に言われても鼻で笑うだろうが、なぜかこの少年に言われるとこそばゆいような恥ずかしいような妙な気持ちになる。

そんな王の顔にシャックスが呆気に取られたような顔をするが、黒花のこと以外は察しのいいのがこの男である。賢明にも見なかったふりを貫いた。

ザガンはそれを誤魔化すようにコホンと咳払いをする。

「まあ、協力してもらう以上、貴様にも状況を説明しておくとするか」

「そうしてくれると助かるよ」

恐らくシャックスの用件も、ザガンだけでなくアインにも関わりがある。彼も黙ってうなずいた。

「ひとまず、俺が抱えている問題は三つ。ひとつは貴様も知っているだろう、マルコシアスだ。他の〈魔王〉を三人も抱き込んでなにかを始めている」

場合によっては、ナベリウスもあちら側に付く可能性がある。

未だにその目的が摑めていないのが不気味だが、それゆえにザガンも他の〈魔王〉や元魔王候補に接触を試みていた。

――間に合えば、いいがな……。

フォルネウスを守れなかった件からも明らかだが、〈魔王〉だの元魔王候補だのという連中は、俗世との関わりを絶っていることが多い。捜し出すのは、有能な配下たちでも骨が折れる。マルコシアスに先を越される危険は避けられないのだ。

接触できていない〈魔王〉は、残すところフェネクスとアスタロトの二名。元魔王候補の方も、《封牢》のアケロンと《神眼》のフラウロスというふたりだった。

彼らはそれぞれ師弟関係という話だ。弟子は師に似るとか言うらしいが、そんなところまで似ないでもらいたかった。

アインがうなずくのを確かめて、ザガンは次の言葉を口にする。

「次に、魔族だ。アルシエラの結界は破られていないというのに、どういうわけか最近になって各地に出没している」

これも原因がわかっておらず、根本的な解決法を見出せないでいる。

――あっちはアスモデウスが対処しているらしいが、いつまでもは頼れん。

じきに彼女ひとりでは手に負えなくなる。いかにあの〈魔王〉が強大であっても、大陸全土に同時に出現されでもすれば止められるわけがないのだから。

「最後に、聖剣だ。わけあって、俺はこいつを破壊……というか中に閉じ込められている天使とやらを解放したい」

この三つである。

なのだが、アインはザガンに代わって四本目の指を立てた。

「あとは、キミがずっとポケットにしまっている指輪のことかな？」

「……うん。どうしよう。渡すタイミングがわからんのだ」

それは他三つの問題のときよりも遥かに深刻な声音だった。

素直に認めると、アインは苦笑する。

「実体験のない僕が言っても説得力がないとは思うけれど、きっとそれに相応しい瞬間というものが来るよ。そのとき、気後れしなければいい。キミなら大丈夫だ」

――そのとき気後れしそうなのが一番の問題なのだ！

だが、さすがに仮初めとはいえ父親にそんなことを言えるはずもない。ザガンは不機嫌そうに視線を逸らすことしかできなかった。

そこで、シャックスが口を開く。

「こいつは勘なんだが、ボスの挙げた三つは、根っこのところで繋がってるんじゃねえかって気がする」

ザガンとアインは目を丸くしてシャックスを見遣る。

「な、なんだい？」

「……いや、お前本当にそういうとこは有能だなと思って」

「おだててもなにも出やしないぜ？」

まあ、最近は黒花に対しても男を見せているようだ。ザガンにとやかく言われるのも、そろそろ卒業だろう。

ザガンは肯定する。

「お前の言う通りだ。俺もこの三つはどうにも無関係ではないとは思っている」

「……ふむ。魔族の出現には、マルコシアスが絡んでいると？」

「そうは言わんが、魔族を利用してなにかをしようとしているような気配がある」

そう思い至ったのは、先日交戦したシェムハザという魔族の知性体である。

——やつは魔族の集合体だった。

その力は凄まじく、なおかつ〈魔王〉並の知性を以て振るわれるそれはザガンひとりでは手に負えないほどのものだった。

そんな途方もない存在を、マルコシアスは千年も前から知っていたはずなのだ。

であれば、捨て置くはずがない。

アインが慎重に口を開く。

「そこに聖剣が関わっているというのは？」

「それこそ、貴様に聞きたかったことだ」

ザガンとシャックスはアインに注目する。

「かつて二代目銀眼の王ルシアが振るった聖剣〈アザゼル〉——なぜ、魔族どもの王と同じ名を持つ聖剣が存在する？」

その名前に、アインは眉をはね上げる。

「……そうだね。僕も詳しい由来は教えてもらえなかったけれど〝元は同じもの〟だったというのが理由らしいよ」

わからないというように、シャックスが首をひねる。

「剣ってのは、天使と呼ばれていた連中を生け贄に作られたんじゃなかったのかい？　天使の代わりに魔族を生け贄にでもしたのか？」

「それは——ッ」

説明しようとして、ザガンは不意に怖気を覚えた。

頬にひと筋の汗が伝う。

——殺気……？　アルシエラ……いや、違う。これは……。

ザガンは人差し指を立てて、黙るよう促す。

「この話は、ここまでだ。俺からはなにも言えん」

「……どういうことだい、ボス？」

警戒の声をもらすシャックスに、ため息を返すことしかできない。

「お袋の言葉を真似るのは癪だが、話せない。口に出すと感染する呪いのようなものだと思え」

アルシエラの結界の〝外〟で、ザガンは〈アザゼル〉を見てしまった。

ザガンも見られたということだ。

一度見つかってしまった以上、下手なことを口にするだけで、自分を目印に結界が食い破られかねない。

──面倒な話だ。

だが、ここにはシャックスとアインという有能な男たちがいるのだ。

「……了解した。じゃあ、ひとまずそいつを仮に〝ネコ〟と呼ぶことにしよう」

「ほう」

ザガンは思わず感嘆の声を上げる。

なるほど、別の名前を当てはめれば、多少は気を逸らせるかもしれない。それを瞬時に思いついてくれるあたり、本当にこの男は有能である。

――やはり、困ったことはちゃんと周りに相談するものだな。

感心していると、アインが首を傾げる。

「なんで〝ネコ〟なんだい？」

「そこは突っ込まないでくれよ」

シャックスもとっさに口に出した名前だったのだろう。

――こいつ、本当に猫好きだな……。

まあ、師だけでなく恋人まで猫なのだ。無理もない。マルコシアスや魔族の件が解決したら、好きなだけ猫の研究をさせてあげよう。

シャックスは赤面しながらも続ける。

「その〝ネコ〟は元々天使って連中の神みたいなものだったんだろう？　そいつが、なにかしらの理由で魔族になった……あるいは、取り込まれてそうなったってところか」

かつてビフロンスが復活させた〈アザゼル〉の残滓〝泥の魔神〟、あの忌まわしい湖での事件に、このシャックスもいた。つまり、ネフテロスを呑み込んで姿を変える光景を目の当たりにしているのだ。

「ネフテロスのときのように、か」

――つまり、本来の〈アザ……ネコも、そうなった可能性はある。

　アインも、その観点はなかったとうなずく。

「――そうか。アレが取り込むのは、魔族だけじゃなかったのか」

「待て、いまなんと言った？」

「うん？　アレ……〝ネコ〟のことかい？」

　思えば、千年前に実際に剣を交えているのがこの男――ルシアだったころの彼なのだ。

　アインは記憶をたぐるように額に指をやる。

「僕の記憶にある〝ネコ〟は、無限に魔族を生み出しもすれば、それを取り込んで肥大化もする魔族の王だ」

　恐るべき事実に、ザガンとシャックスは絶句する。

　――自己増殖する魔族の王だと？

　いや、ここで問題なのはそれが現在の状況にどう繋がるかということだ。

　ザガンはうめくようにつぶやく。

「ならば、いまの魔族の出現はシェムハザが原因か？　いや、それでは順序がおかしい。となると……」

　その独り言に答えるように、アインはこう告げた。

「次の魔族の王が、どこかにいる……ということになるね」

「「…………」」

その言葉を、否定することは誰にもできなかった。

――うろたえるなザガン。それでも王か。

こんなときに見苦しく絶望するのは王の所業ではない。

だから、ザガンは口元に笑みを浮かべる。

「では、そいつを見つけ出して始末すれば、魔族の方は片付くな」

その言葉に、シャックスとアインも釣られて笑みをこぼす。

「ボス。やっぱり、あんたに付いてきてよかったよ」

「……だね。マルコシアスも、それを知っているから悠長に構えているのかもしれない」

魔族の王などという途方もないものが存在しているなら、マルコシアスは利用しようと考えるだろう。

それを潰せば、マルコシアスの目的を阻止するとまではいかなくとも、出端をくじくくらいの効果はあるだろう。

ただ、とザガンは顔には出さずに考える。

――アルシエラは、なぜそれを黙っていた……？

千年前にルシアと共に戦ったアルシエラが、それを知らないはずはない。魔族を始末しているアスモデウスに、なぜ伝えなかったのか。

それも言えないことなのだろうか。

――あるいは、今回の件はそれとは無関係という確信がある？

どうにも、一度問い詰めた方がいいかもしれない。

そうしていると、シャックスが確かめるようにつぶやく。

「となると、目下は聖剣の方か。天使を解放するんだって？」

その疑問に答えたのは、意外にもアインだった。

「そっちは心当たりがなくもないけど……」

「なんだと？」

こちらでアインが役に立つとは思わなかったザガンは、思わず立ち上がった。

「この前、キミのところの聖剣所持者も使っていただろう？　僕たちは【告解】という呼び方をしてた技なんだけど……」

「「あ」」

ザガンとシャックスは間の抜けた声をもらした。

──あれは、確かに天使を外に召喚する技だ。

何度も目の当たりにしていたというのに、鎧甲冑という姿ゆえか頭の中で結びついていなかった。

「盲点だった……」

頭を抱える。

「一応、確かめるが、あれは聖剣の中の天使を解き放っているのだな？」

「うん。霊力で生み出した仮初めの体ではあるけれど、天使であることに違いはないよ」

ということは、一時的にでも天使を解放する手段はすでに存在する。あとは、そのまま聖剣から切り離すことができればいいのだ。

──そこにフルフルの人形の体は、ヒントになるかもしれん。

無機物に魂魄を宿しているのだ。同じ無機物に封印された天使の魂魄を移し替える手がかりになる可能性は高い。

「【告解】ならラーファエルとシャスティルができるな。リチャードも場合によっては会得できるかもしれん」

そもそもの発端はリチャードの聖剣〈カマエル〉なのだ。彼が【告解】を覚えてくれるのが一番手っ取り早い。ステラも可能ではあるが、彼女はラジエルにいるのでちょくちょ

く出入りさせるのは面倒だ。

　ようやくこの難題の取っかかりが見つかって肩から力が抜けると、今度はシャックスが口を開く。

「そろそろ、俺の話をしてもいいかい？」

「……黒花の目のことか？」

　シャックスは小さくうなずく。

　アインが言う。

「黒花っていうのは、ケット・シーの女の子のことだったかな？　以前、ラジエルからこっちに来るとき、いっしょになったよ」

「その女のことだ。……どうやら、マルコシアスはあいつを〝四代目〟と呼んだらしい」

「四代目……？」

　その単語になにも思わなかったわけではないのだろう。アインが目を細めた。

　ザガンもうなずいて返す。

「リュカオーンの三大王家は、リリシエラ……千年前のルシアの娘の血族だ」

「リリスの……？」

　千年前にいたはずの、ザガンの双子の妹の末裔ということだ。アインの記憶にだって残

っているはずだ。

――顔も覚えておらんというのは、恨まれても文句は言えんだろうな。

物心ついたときには裏路地でゴミを漁っていたのだ。家族がいるなど、ここ最近になって初めて知ったことだ。だが、そんなことは向こうには関係ない話だろう。

「中でも黒花のアーデルハイド家は、銀眼の血を色濃く継いでいるらしい」

そのリリシエラ自身は、ルシアよりアルシエラの血の方が濃かったらしい。その血を継承するのがヒュプノエル家で、さらにそれを露骨に顕現しているのが、いまのリリスだ。

だが、銀眼の血だって流れていたことに変わりはない。

そして、その力は先のグラシャラボラスとの戦いで完全に表に出てきてしまった。

シャックスはうめくような声で続ける。

「クロスケの目は、いまは普段の色に戻っている。だが、力をなくしたわけじゃないらしいんだ」

「つまり、制御できておらんのか？」

「恐らく……」

そこで、アインである。

「つまり、彼女に力の使い方を指南しろと？」

「……頼めるか？」

そう問うと、アインは難しそうな顔をした。

「もちろん、と言いたいところだけれど……ザガン、キミも魔力の流れは見えているんだよね？」

「ああ」

力の使い方というなら、ザガンにもできるはずだ。

——といっても、俺は魔術の〝回路〟を視ることに特化しているらしいからな。

ザガンを〈魔王〉たらしめている〝魔術喰らい〟の根幹たる力だ。そちらに特化し過ぎて、アインのように先読みのようなことには向いていない。真似をしても、彼ほどは使いこなせなかったのだ。

「それを、他人に説明することはできるかい？」

「………………」

ザガンは答えられなかった。

シャックスが怪訝な顔をする。

「どういうことだい？」

「僕やザガンの銀眼は魔力の流れが視えているという話だけれど、僕たちは視ようと思って視るわけじゃない。生まれたときから、当たり前に視えていたものなんだ」

後天的に視えるようになった黒花に、どこまで教えられるかという話だ。

なのだが、シャックスは揺るがなかった。

「そこは心配しないでもらっていい。クロスケなら必ず乗り越えられる。ただ、いまはそこにほんの少しでいいから、手を引いてくれる誰かがほしいんだ」

本当なら、自分がそうしたかったのだろう。この男が悔いているのは、その一点。シャックスは、黒花を信じているのだ。

――こいつ、男の顔をするようになったなあ……。

であれば、ザガンが口を出すことではない。

ザガンはアインに向かって頭を下げる。

「俺からも頼む。黒花を助けてやってくれ。きっかけさえ摑めば、自分のものにできるはずだ」

アインは仕方なさそうに肩を竦める。

「……キミに頭を下げられて、僕が断れるわけがないだろう？」

「恩に着る」

「よしてくれ。お礼を言われるようなことじゃない」

それより、とアインはザガンの胸を指差す。

「キミの方こそ、やるべきことはちゃんとやるんだよ？」

「うっ」

ザガンは虚栄を張ることもできずにうめいた。

そうなのである。アインが指摘した四つ目の問題である。

――結婚指輪、いつになったら渡せるんだ！

《魔工》ナベリウスに指輪を作らせてから、早二か月が過ぎようとしている。にも拘わらず、ザガンは未だにいつ渡すべきかも答えを見出せずにいた。

焦りを覚えずにはいられないが、それをさらに追い詰めているのがこの場にいるもうひとりの男である。

――シャックスと黒花のやつ、最近付き合い始めたのに俺たちよりずっと進んでる！

ひと月の休暇で黒花の故郷へ挨拶に赴き、残るリュカオーンの二王家へ婚姻の挨拶まで

済ませたという。そのひと月の旅行にしても、任務の名目こそ与えていたが新婚旅行と呼んで差し支えのないものだった。

しゃんとしろと焚き付けたのはザガンだが、まさかあのシャックスがこれほど急激に進展するとは思わなかった。

——まあ、黒花もさっさと既成事実を作らんばかりに迫っていたようだしな……。

シャックスがその黒花を受け止める決心をすれば、トントン拍子に話が進むのは当然のことではあった。

それに対し、自分はどうだ？

——ネフィと出会ってから一年が経つのに、なにも進んでない！

懊悩するザガンをよそに、シャックスは天井——その向こうにあるキュアノエイデスを見上げて、独り言ちた。

「クロスケのやつ、またしばらく教会には出入りできそうにないな……」

「ああ、まあ……」

一応、あの少女はいまも教会に所属しているのだが、ここ数か月まともに顔も出せていない。

本人は気にしているようだが、彼女はこれから修業ということになる。今後も出入りは

難しそうだ。

◇

「――黒花・アーデルハイド、ただいま帰還いたしました」

そのころ、黒花はキュアノエイデス教会執務室を訪れていた。

一応、いまもここの司祭という肩書きは生きている。だが、シアカーンとの戦闘以来微妙な立場に立たされていたため、ここに帰ってくるのは実に二か月ぶりだった。

なのだが、そこで黒花は目を丸くすることになる。

「あれ、ネフテロスさん？　シャスティルさまは？」

執務机についていたのは、褐色の肌と銀色の髪を持つエルフの少女――ネフィの妹でもあるネフテロスだった。

教会の立場上、黒花も彼女のことは〝さま〟付けで呼んでいたのだが、姉のネフィを〝さん〟付けで呼んでいるため、ネフテロスも敬称を嫌がってこう呼ぶことになった。

――そういうところは、いかにも姉妹ですよね。

傍らには彼女の騎士であるリチャードの姿もあるが、こちらも礼服姿で書類を抱えてい

る。執務姿も絵になるのはさすがだった。

とはいえ、ここの長は聖騎士長シャスティルだったはずなのだが……。

「お帰りなさい、黒花。悪いけどいまちょっと立て込んでいてね……」

「ですがネフテロスさま、ちょうど紅茶も入ったところです。ひと息入れられては？」

「……もう、人をあまり甘やかさないでよ」

準備よく紅茶を差し出されて、ネフテロスはぷくっと頬を膨らませる。そのツンと尖った耳が小刻みに揺れているのを見て、黒花も思わず表情を緩めた。

――このふたりも、上手くいってるみたいでよかったな。

自分の恋愛が上手くいっていると、他人の恋愛も余裕を持って眺められるものである。

黒花が笑みをこぼしていると、そこにすっと紅茶が差し出された。

「黒花さんもお紅茶どうぞ。長旅でお疲れでしょう？」

「ありがとう、レイチェルちゃん」

リチャードといっしょに紅茶を淹れていたのだろう。そばかすが目立つ小間使いの少女レイチェルが親しげに声をかけてくれる。彼女は黒花と同室の狐獣人の少女クーと仲が良いため、三人で話すことが多かった。

――ときどき、妙に気配を隠すから刺客かなにかかと思っちゃうんですけど。

黒花の五感でも、捉えるのが難しいくらいだ。それで一般人だと言われても、ちょっとうなずけない。

報告をどうしたものかとは思ったが、シャスティルも不在なので黒花は言葉に甘えて客用ソファに腰を下ろさせてもらう。するとレイチェルが嬉しそうに言った。

「あ、そうだ黒花さん！　私、修道女の昇格試験受かりましたよ」

「わあ、おめでとうございます！　がんばって勉強してましたもんね。なにかお祝いしないと」

それは自分のことのように嬉しいことで素直にポンと手を叩くと、レイチェルはなにやら堪えきれないような笑みをこぼす。

「いやあ、お祝いというなら黒花さんの方でしょ。クーちゃんから聞いたよ？　恋人できたんですって？」

「あうぅ……。その、レイチェルちゃんにもお話ししようとは思ってたんですけど……はい。シャックスさんという方と、お付き合いさせていただくことになりました」

この少女はクーと同じく、恋愛の話が大好物である。

そう答えると、レイチェルは満足そうに微笑んでひと筋の鼻血を伝わせる。

「長期休暇取ってましたけど、実はその人と旅行とか行ってたんじゃないの？」

「ひうっ？　なんで知って…………あ」

公には、黒花はリュカオーン三大王家のひとつ、アーデルハイド家の最後のひとりであることが発覚して教会本部に召喚されたことになっていた。

まあ、それも事実ではあるのだが、それは前半の一か月の話だ。後半のひと月でシャックスとリュカオーンへ里帰りし、残るふたつの王家に挨拶回りをしていたことはザガン以下、一部の者にしか知らされていない。

口を滑らせたことに気付いたときには、レイチェルはふた筋目の鼻血を垂れ流しながら身を乗り出していた。

「それじゃ黒花さん、二か月もデート旅行してたのっ？」

「い、一か月ですよ！　最初は大変だったんですから」

「やっぱりデート旅行だったんじゃん！　え、でも待って？　黒花さん、リュカオーンのゴタゴタでお国に帰ってたって話じゃなかった？」

そのあたりは説明されていたようだ。仕方なく黒花がうなずくと、レイチェルはカッと目を見開く。

「恋人と故郷に一か月も旅行って、それ結婚の挨拶じゃないの？」

まあ、この少女にはいつか話すつもりだった。黒花は自分の顔が赤くなるのを自覚しながら、小さく肯定した。

「その……はい。婚約……してきました」

「ぱうっ！」

どっかの殺人狂みたいな歓声を上げて、レイチェルがひっくり返った。ネフテロスまでもが紅茶のカップをひっくり返しそうになって、リチャードに受け止められていた。

「ああもう……。うちの妹が申し訳ありません、黒花さん」

リチャードが申し訳なさそうに卒倒したレイチェルを執務室の隅に引きずっていく。このふたりは、あれで兄妹なのだ。

「いえ、いつものことですし」

黒花が慣れてしまうほどいつもこんなことをやっている妹の実情に、リチャードは顔を覆った。

それから、黒花はようやくネフテロスに視線を戻す。彼女も気を静めるようにリチャードが淹れた紅茶を傾け、休憩を取り始めていた。

——この人、本当に綺麗だなあ。

顔立ち自体はネフィと同じはずだ。

なのにネフィにはどうしても〝可愛い〟という感想を抱くのに対し、ネフテロスには綺麗だと感じる。物静かなところも同じはずなのに、なぜだろう。

たぶん、ネフィの可愛らしさはシマリスや小鳥のような小動物に思うようなものだ。それに対して、ネフテロスは決して人に懐かない野良猫や孤高の狼のような美しさだろう。

どちらも猪突猛進の黒花には得がたい魅力である。

――それに、リチャードさんとの付き合い方もなんだか大人っぽいし。

黒花が髪を伸ばしてみようと思った原因も、彼らが髪に口づけをしている現場を目の当たりにしてしまったからである。

だからたぶん、自分は彼女に憧れているのだ。

「――黒花は、すごいわね」

「へ？」

思いも寄らぬ言葉に、黒花は間の抜けた声をもらした。

ネフテロスも口に出すつもりはなかったのだろう。慌てて口を押さえる。それから、どこか気恥ずかしそうに続ける。

「だって、あなたは好きな人に応えてもらえるかなんてわからないのに、何度も袖にされ

たのに、諦めずに立ち向かい続けて……その、け、結婚することになるんでしょう？」

褐色の肌をほのかに赤く染め、銀色の髪をくるくると指先に絡めながらそんなことをつぶやく。

——あ、やっぱりこの人も可愛いわ。

どうやら、黒花がシャックスとの婚約を話したことで、羨ましくなったらしい。

「あなたは、すごく勇気のある人だと思う」

それから、ちらりと隣のリチャードに視線を向ける。

「私は、そういうの、全部リチャードから与えてもらっただけだから」

そんな言葉に、黒花は思わず目を細めた。

——ぐいぐい惚気るなあ。

なるほど、ネフテロスはこういう惚気方をするらしい。

惚気話なら望むところだが、黒花は首を横に振る。

「ネフテロスさんだって、たくさん辛い思いをしてきたのに負けずに立ち向かったからいまがあるんじゃないですか。それは、勇気って呼ぶと思います」

黒花も全ての事情を聞かされているわけではないが、ネフテロスの置かれた状況が自分よりも遙かに過酷なものだったことは知っている。ホムンクルスとしての寿命が尽き、明

日をも知れぬ身でありながら立ち直ってここまで来たのだ。それを勇気と呼ばずなんと呼ぶのか。

ネフテロスは驚いたように目を丸くする。ツンと尖った耳の先までぴこんと震わせると、紅茶のカップを手の中でくるくるともてあそぶ。

「……ありがとう。あなたにそう言ってもらえると、なんだかすごく嬉しい」

「あうぅ、こちらこそ……」

見合いでもしているように、ふたりの少女は赤面してうつむく。

このままお互いの惚気でも披露したい気分ではあったが、黒花も務めを果たさなければならない。

コホンと咳払いをして、姿勢を正す。

「それで、こちらはどのような状況ですか？　シャスティルさまは、やはりまだ……？」

シャスティルが魔術師との熱愛を大陸中に報道されたことは、黒花も耳にしている。あれからひと月以上が経つが、まだ立ち直っていないのだろうか。

ネフテロスは銀色の髪を揺らして首を横に振る。

「さすがにもう復帰したわよ？　まあ、未だに変に意識し合ってるみたいだけど」

「ではあの話、誰かに脅されたとかではなく、本当に……？」

まあ、噂の出所はザガンらしいのでそんなことはないとは思うが、そこにゴメリという魔術師が関わっているとなると、ちょっとわからない。黒花だって散々おもちゃにされてきたのだから。

――おもちゃというなら、あのマニュエラって人の方がそうでしたけど……。

あのあたりも横繋がりがあるのは薄ら理解しているが、どうにも黒花はマニュエラの管轄みたいにされている気がする。ひとりでは絶対に店には近寄らないようにはしているが、あの翼人族はちょくちょくネフィの元も訪ねてくるので完全には避けられないのだ。

ネフテロスは仕方なさそうにため息をもらす。

「まあ、あのふたり、気があるのは私が見たってわかるくらいなのに、いつまでも煮え切らなかったから。お義兄ちゃんも発破をかけたってだけだと思うわ」

「なら、よかったです。万が一の場合、あの魔術師を始末する用意はしていましたから」

「気持ちはわからないでもないけど、やめなさい。あとはふたりの問題よ」

あまり他人の恋人を悪く言うのは気が引けるが、シャスティルの想い人であるバルバロスは人としても魔術師としても最低の部類の男である。傍からは、世間知らずの娘が悪い男に引っかかったようにしか見えない。心配するなというのも無理な話である。

ネフテロスがカップを受け皿に置いて苦笑する。

「最近、新しくお義兄ちゃんのところにきた魔術師も黒花と同じ反応をしてたわ。ウェパルって言ったかしら？　なんだか苦労してそうな人だったけど」

「ウェパル……元魔王候補にその名前があったような気がしますけど、その人のことでしょうか？」

一年前、ザガンが〈魔王〉となったときの候補者だ。そのころには黒花は怪我で暗部から脱落していたが、教会にいれば名前くらいは耳にする機会がある。

「たぶんその人よ」

現在、ザガンは現存する〈魔王〉と元魔王候補たちに接触を試みている。黒花とシャックスが交渉していたフォルネウスも、そのひとりだ。

——他の交渉は、上手くいってるみたいですね。

フォルネウスを守れなかったのは黒花たちの失態だが、計画自体は順調のようだ。

それから、どこか言いにくそうにネフテロスはつぶやく。

「その、水を差すわけじゃないんだけど、気を付けなさいよ、黒花？」

「というと？」

「あなたの体質のこと。まあ、気に懸けてくれる人がいるから大丈夫だと思うけど、黒花がどれだけ強くたってどうしようもないことってあるでしょ？」

黒花の不運体質のことを心配してくれているらしい。

幸運を司るのがケット・シーという種族らしいが、普段はその反動のように不運ばかり引き寄せてしまう。

現在の黒花は幸福の絶頂と言わんばかりの状況である。確かにこういうときほど、よくないことが起きるものである。

黒花も気を引き締めるようにうなずく。

「確かに。気を付けます」

「それで思い出したわ。黒花、教会からなにか連絡が来てたわよ？　なんでも〝剣聖〟っていう称号を与えるとかどうとか」

「ああ、それですか……」

黒花は小さくため息をもらす。

正直、気乗りのしない話である。黒花自身は魔術師への復讐のために教会を利用した身であり、それどころかいまでは魔術師の恋人と将来を誓い合っている。

それで教会からの恩賞だとか称号だとか、どの面下げて受け取れというのか。

――あたしの知らないところで、ヒュプノエルのおじいさまたちが変な抗議とかもして迷惑かけてたみたいですし。

加えて、その称号を与えようと動いているのが聖騎士ではなく、教会の枢機卿たちというのも困ったところだ。

シャスティルの一件以降、どうにも聖騎士と教会とで思惑に差異が生じ始めているようだ。そこで教会側からこんな話が出るということは、自分の方に抱き込みたいという魂胆が見え隠れしている。

黒花とて、そんな権力争いみたいなのに関わるのはまっぴらだ。

最後に、先日戦った《殺人卿》グラシャラボラスも、かつてその〝剣聖〟という称号を与えられていたらしい。あの魔術師と同じ称号というのは、御免被りたい。教会とて、その縁起の悪さを知っているから長らく空位にしていたのだろうし。

ネフテロスが仕方なさそうに言う。

「気が進まないって顔ね」

「……まあ、はい」

「わかったわ。私の方で断っておく」

あまりにも自然にそう言われて、黒花は思わずまばたきをした。

「いいんですか？」

「だって、やりたくないんでしょ？」

「……はい」

「なら、断るわ。嫌なことを無理にやる必要なんてないもの」

確かに、いまのネフテロスは教会の技師オベロン卿の後継者である。その程度の口を利く力はあるが、そんな簡単に言ってもらえるとは思わなかった。

恐縮して、黒花は頭を垂れる。

「その、ありがとうございます」

「よしてよ。あなたには、あなたが目が見えなかったときから、ずっと助けてもらってたもの。こういうときくらい、恩返しさせてよ」

ネフテロスの傍らにいたのはいつだってリチャードだが、黒花もなにかと行動を共にすることが多かった。それらはきっと些細なことなのだが、ネフテロスは忘れないでいてくれたらしい。

黒花は嬉しいような恥ずかしいような気持ちで、頭の上の耳をぺたんと寝かせる。

そんな反応に、ネフテロスがおかしそうに目を細める。

「あなたのそういう反応、初めて見た気がするわ」

「そう、ですかね？」

だが、言われてみれば黒花がこういう反応をするのはシャックスに対してくらいのものだったかもしれない。

シャックスに夢中だった黒花と違い、ネフテロスは周囲のものがなんでも珍しくてよく見ていたのだろう。

それから、ネフテロスは忘れていたと手を叩く。

「そうそう、シャスティルのことだったわね。あの子、いまは別件でキュアノエイデスを離れているのよ」

「え、そうだったんですか？」

「ええ。だから、シャスティルが帰ってくるまで、ここの事務は私が代わりにやってるの。外回りの方は、リチャードもいてくれるし」

聖剣所持者になったばかりとはいえ、リチャードはシャスティルに引けを取らないほどの腕前になっている。

黒花も微笑み返す。

「リチャードさんも、強くなりましたものね」

「黒花殿には、まだまだ及びませんが……」

「わかりませんよ？　聖剣を持ってからは手合わせしてませんし」

彼は強くなることに貪欲だった。それゆえ、黒花も何度か稽古に付き合ったことがあった。まあ、黒花が教会を離れがちだったこともあり、多くはないが。

ネフテロスがやんわり間に入る。

「そのあたりにしてあげて。黒花が別格なのは知ってるから」

「そういうわけでは……。っと、シャスティルさまの用事ってなんなんですか？」

スキャンダルの最中にキュアノエイデスを離れる必要があるようなこととなると、黒花でなくても警戒を覚えるだろう。

「ああ、それなんだけど――――」

ネフテロスは、どこか呆れたように言う。

話を聞いて、黒花は思わず口元を押さえた。

「それじゃあ、シャスティルさまの逆襲というわけですね？」

あれだけおもちゃにされたのだ。シャスティルとバルバロスから、仕返しのひとつやふたつもあって然るべきではあった。

◇

「――本当にやるのか、バトー？」

　何百年も人の出入りがないだろう、崩れかけた渓谷の洞窟。その中には薄暗い魔術の研究室があった。そんな研究室の中央、天井から差し込むわずかな灯りの中で、マルコシアスは旧友にそう問いかける。

　彼の前には、ひとりの男がベッドに拘束されていた。

　若くも老いても見える年齢の読めない容姿で、糸のように細い目をしている。男性にしては少々長めの髪は背中で括り、ズボン一丁という上半身裸姿だ。

　これは、手術台なのだ。

　それも、極めて成功率の低い施術を行うための装置だ。

　糸目の男は苦笑を返す。

「いまさら尻込みするのですか、マルコシアス？　適性があるとすれば、私かあなただけです。そして、首領であるあなたが、こんなことで自分の身を危険に晒すわけにはいかない。であれば、こうするしかないでしょう」

それがわかっているから――恐らくはザガンとシアカーンの戦いの直後にはそこまで読んでいたから、この男はマルコシアスの元に来てくれたのだ。

　男は、存外に満足そうな顔で語る。

「アルシエラ殿はこう言ってくれました。いまの私たちがどのようにして生み出された存在だとしても、私たちはいまを生きる人間なのだと」

　そう言って、笑う。

「彼女には私を憎むべき、あまりにも正当な理由がある。なのに、生きていてもいいと言ってくれたのです」

　あの妹らしいと、マルコシアスは思わず顔を緩めそうになった。

　バトーは続ける。

「だから、私はあなたのためにこうするのではない。あの方のために、この命を捧げるのです。だから、気に病む必要はありません、親友」

　その言葉に、マルコシアスは丸メガネの奥で目を丸くした。

「まだ、この俺をそう呼んでくれるのか」

　マルコシアスの千年に渡る人生の中で、そう呼べる相手はこの男ひとりだった。

　バトーはからかうように返す。

「そりゃあ、あなたは昔から友達いませんからね」

「……ほっとけ」

忌々しげにため息をもらすマルコシアスに、バトーは笑う。

「私もここで終わるつもりはありませんよ。だから、さっさとやってしまってください。もう、時間はあまりありません」

「……恩に着る。親友」

それから数刻して、この薄暗い部屋から出てきたのはひとりだけだった。

男は壁に背を預けたまま、ずるずるとへたり込む。

「……あとは、上手くやってくれよ、エリゴル？」

それからしばらくして、ようやく男が立ち去ってからも、部屋からはいつまでも絶叫が響き続けていた。

◇

「――聖騎士長サラヴァーラがリルクヴィスト率いる共生派、延いては〈魔王〉ザガンに組し、同じく〈魔王〉フォルネウスの後継者である《雷甲》のフルフルもザガンの配下と

なった。いまや彼の王に真っ向から挑める勢力は存在しないと言っていいだろう」

キュアノエイデスを遠く離れたとある街の酒場にて、ひとりの男が饒舌に語っていた。

中折れ帽をかぶり、洒落たジャケットの胸ポケットには真紅のハンカチ。指の間で紙煙草の紫煙をくゆらせ、ひと言ひと言が妙に芝居がかっている。季節外れの分厚いコートさえなければ、さぞ異性に好かれるだろう容姿である。

そんな男の話を、頬杖を突きながら聞いているのは両目を呪符で覆った女だった。

胸元まではだけたリュカオーン特有の民族衣装をまとい、口元に艶黒子。なまめかしく扇情的な姿をしているが、その首には無骨な鎖が繋がれた首輪が付けられている。

《星読卿》エリゴル。こちらも東方の細長いパイプ――キ・セルを吹かして妖艶に微笑んでいた。

「ずいぶんと上機嫌のようね、《封牢》のアケロンくん」

「伊達男」

アケロンと呼ばれた男は、紙煙草を挟んだまま人差し指を立ててそう言う。

「枕詞なら、伊達男と付けてくれ。好きじゃないんだ、その《封牢》って呼び名はな」

エリゴルは首を傾げる。

「あら、素敵な呼び名だと思うけれど？　少なくとも、フェネクスは愛情を込めてその名

前を付けたと聞いているわ」

「そいつだ」

アケロンはパチンと指を鳴らす。

「同じ〈魔王〉なら、師の性格の悪さは知っているはずだな？　師は俺が嫌がることを知っているから、その名前を付けたってわけさ」

十三人の〈魔王〉のひとりフェネクス――それが、アケロンの師の名だった。

ピンと中折れ帽のつばを指で弾くと、どっかりと背もたれに身を預ける。

「《封牢》とは、俺の魔術ではなく俺が持つ道具の名に過ぎない。道具の付属品と呼ばれて、気分のいい魔術師はいないだろう？」

「ふふ、案外純粋なのね。好きよ？　そういう男の子は。けれど、《封牢》だってあなたの力の一部であることに変わりはないわ。あなたを魔王候補にしてくれた力でしょう？」

アケロンは仰々しく両腕を広げて肩を竦める。

「分不相応という言葉がある。俺は俺自身を過信しない。一年前の魔王候補の中で、もっとも劣るのが俺だろう。ウォルフォレやフルフルも未熟だったという話だが、それでも俺よりは優れていた。格上と肩を並べる機会は悪くないが、時と場合によるというものさ」

元魔王候補ともなれば名前に箔が付くという利益はあるが、余計なやっかみを生むとい

う不利益も存在する。

この一年、アケロンはそのデメリットの方に悩まされてきたのだ。

なにせ、フェネクスは弟子を庇護するような部類の魔術師ではない。アケロンにはウォルフォレやフルフルのような、己を庇護してくれる後ろ盾はなにもなかった。

つまるところ、身の程を知ったのである。

もちろん、名に恥じぬよう研鑽を怠ったことなどない。

それでも《煉獄》バルバロスや《妖婦》ゴメリのような化け物を目の当たりにすれば嫌でもわかる。自分は、彼らと同じ土俵に立てていない。

ミーカ・サラヴァーラが最弱の聖騎士長だと言うのなら、最弱の元魔王候補がアケロンだった。

なのだが、エリゴルはひとつパイプを咥えて微笑む。

「道具を上手に使うのも才能よ？　あなたはそれを恥じているのかもしれないけれど、あなたよりその道具を上手に扱える者は存在しない。それは十分に誇っていいことではないかしら？」

「ははっ、おだててくれるじゃないか」

エリゴルのようないい女におだてられて、気をよくしない男はいないだろう。

だが、アケロンは背筋に冷たい汗(あせ)を伝わせていた。

――仮にも〈魔王〉だ。お世辞なんぞ言いに俺を呼び立てたわけじゃあないだろう。

一瞬(いっしゅん)でも気を許したら狩(か)られると、アケロンの防衛本能が告げていた。

額から伝いそうになる汗をグッと堪え、アケロンは笑い返す。

「それで、世間話をしに呼び立てたわけじゃあないんだろう。あんたほどの魔術師が俺なんぞになんの用だい？」

エリゴルは小首を傾げて微笑む。

「せっかちなのね。話が早いのはいいことだけれど、ときには過程を楽しむのも大切なものよ？」

パイプから漂(ただよ)う紫煙が天井に届くくらいの間を持って、エリゴルは続きを口にする。

「用件というのは、あなたが上機嫌な理由ね。ザガンくんから勧誘(かんゆう)があったんですって？」

思わず息を呑(の)んだ。

――昨日の今日で、もう筒抜(つつぬ)けかい。

昨晩のことだ。アケロンは、〈魔王〉ザガンからの使者と出会っていた。

アケロンは、これで用心深い性格だ。他の魔術師からのやっかみにうんざりしていた彼は、素性(すじょう)を隠して野に下っていた。自分を鍛(きた)え直すため、自分を知る者とは一切(いっさい)の連絡を

絶っていたのだ。

それでどうやって自分を捜し出したのか見当も付かないが、さすがは〈魔王〉ザガンの手の者ということなのだろう。

その使者は、ザガンの下に来るよう誘ってきた。

美味しい話ではあったが、見知らぬ魔術師からの誘いにほいほいついていくほど、アケロンは考えなしの魔術師ではない。まずはザガンという〈魔王〉がどんな男か知る時間がほしくて、返事を待たせていた。

そこに、このエリゴルが声をかけてきたというわけだ。

――ザガンが欲しているのは、魂魄に干渉する術だ。

《封牢》という道具の特性上、アケロンは魂魄という概念への造詣を深めていた。ザガンは、それを求めているという。

道具ではなく、アケロン自身を評価してくれたのだ。

初めて、誰かに認めてもらえた気がした。

それに、調べてみると彼の王が配下を手厚く扱うことは、魔術師の間では評判らしかった。そうとわかってこれを断る理由は、アケロンにはなかった。

誘いに応える覚悟が決まったところで、こうなったのだ。

エリゴルはそんな甘い話はないと言わんばかりに微笑む。

「ザガンくんと手を切って、私たちの下に来る気はないかしら？　優遇するわよ」

アケロンは、静かに身を強張らせた。

──ザガンとマルコシアスが対立してるって噂は、本当だったわけか。

堪えきれず頬にひと筋の汗を伝わせ、アケロンは中折れ帽を指で弾く。

「優遇ってのは、どういうことを期待すればいいいんだい？」

「そうねえ、ひと通りの便宜は図ってあげられると思うけれど、あなたにとって一番重要だろうことと言えば……」

なまめかしく人差し指を唇に添えると、エリゴルは素敵な提案でもするような明るい声でこう言った。

「あなたの命を保障してあげる、というのでは不足かしら？」

そらきた、とアケロンはうなった。

「わざわざ命なんて脅かさなくとも、俺があんたらの脅威になれるとは思わないがね？」

「過信はよくないけれど、過小評価も感心しないわ。道具を含めてあなたの価値だもの。

それがザガンくん側に回るのは、少し困るの」

やはり、《封牢(ふうろう)》である。

紙煙草を大きく吸う。先端(せんたん)がチリチリと発熱し、それから深く紫煙を吐(は)き出す。

――まあ、考えるまでもないな。

この誘いに、アケロンの答えは初めから決まり切っていた。

「オーケー。あんたに従うよ。俺も命は惜(お)しいからな」

アケロンは、さも従順そうに笑って返す。

灰皿に紙煙草を押しつけ……――アケロンはテーブルを蹴(け)って引っくり返す。

そして、反対側の腕(うで)を突き出した。

「呑み込め――虚針盤(きょしんばん)〈アンティキティラ〉!」

カチリ、と歯車の軋(きし)む音が響いた。

アケロンの手の中にあったのは、銀の円盤(えんばん)だった。大きな円盤の中に無数の歯車を内蔵する、奇(き)っ怪(かい)な道具である。

一見するとただの装飾品(そうしょくひん)のようだが、魔術(まじゅつ)に精通した者ならこの構造に〝回路〟という

ものを想起させられるだろう。

――〈アンティキティラ〉は虚数領域の羅針盤だ。

虚数空間あるいは虚数領域と呼ばれる概念がある。

虚数とは、実在はしないが計算上は存在するという数字である。

虚数空間もまた、物理的には存在し得ないが、計算上は存在することになる領域。亜空間や次元の狭間のようなものではなく、根本的に存在しないはずの世界。存在するとすれば、物理法則が異なる世界だ。

この世界をプラスという物質で構成された実数空間とするなら、虚数空間は全てがマイナスで構築された負の世界だ。ゼロではなくマイナスである。実数世界では光の速さを超えることができないが、虚数世界では光の速さを下回ることができないことになる。

虚数空間の物体がこの世界に存在しないように、実数空間の物体は虚数空間で存在できない。

それが消滅なのか、停滞なのかは定かではない。観測できないという意味ではどちらも同じだろう。

この〈アンティキティラ〉は、そんな虚数領域の座標を導きだし、干渉するための羅針盤なのだ。

だが、実数質量の人間が虚数領域に至るには四次元的な計算式が必要とされるが、三次元の存在に四次元の計算式は理解以前に認識できない。もしも足を踏み入れることができたとしても、自分という存在を保つことさえ不可能である。

こんなものがいつの時代、何者によって生み出されたのかは定かではない。あるいは、本当に〝神〟のような存在が創造したのかもしれない。

アケロンは、そんな四次元数式の唯一の理解者なのだ。

ゆえに《封牢》。

ゆえに、魔術師としては評価されなかった。

ザガンは、そんなアケロンの魔術的には意味のない英知を評価して、必要としてくれたのだ。

——こいつを倒して、ザガンの下に行くんだ！

命を懸けるに値する。

「——ッ、〈リビティナ〉！」

顔を強張らせたエリゴルが鎖を放つが、もう遅い。

彼女の座標は虚数領域と繋がり、その全てがこの世界から流出していく。

——俺の、勝ちだ。

そう、確信したときだった。

「え――？」

エリゴルの姿が、まるで時間が跳んだようにその座標から消えた。

虚数領域に飲まれたわけではない。アケロンはまだ座標を閉じていないのだから。

それから、自分の胸からなにか透明なものが突き出していることに気付く。

「ごぷっ……？」

喉の奥から噴き出したのは、血だった。その血が伝って、胸を貫いているそれが刃なのだとようやく理解する。

「いやはや、恐るべき力でございますな。貴殿の力は、確かに《星読卿》に届いておりましたぞ？」

いつからそこにいたのか、アケロンの背後にはひとりの老紳士が佇んでいた。その手には、刀身のない柄が握られている。

「勝利を掴んでいながら理不尽に踏みにじられる死は、嗚呼、なんとも甘美でございます」

老紳士が刀身のない刀を引き抜く。

かくんと膝を折るアケロンは、地に伏す前に事切れていた。

「己の弱さを知る者ほど恐ろしい者はいない。そうは思いませんか、《星読卿》?」

〈呪刀〉を鞘に収め、老紳士は足元で息を切らすエリゴルに語りかける。

「……〈魔王〉がふたりがかりで挑むべき相手だったのは、事実ね」

〈夜帷〉によってアケロンの体感時間を止めていなければ、エリゴルはなす術もなく虚数領域とやらに呑まれていただろう。老紳士にしても、正面から〈夜帷〉を仕掛けて〈アンティキティラ〉に先んじることができるかは、五分だった。

エリゴルが囮として前に立ったおかげで、老紳士も不意を打つことができたのだ。この瞬間しかなかった。

アケロンがザガンの誘いを受け、上機嫌で隙を作るのはこの日、この瞬間だけだった。これを逃せば彼はザガンの庇護下に入り、エリゴルたちは手出しができなくなる。それ以前では、用心深い彼がひとりで姿を現すことはなかった。

アケロンは魔術師としては価値がなかったかもしれないが、〈魔王〉が命を懸けなければならないほど恐るべき男だったのだ。

老紳士は肩を竦める。

「わたくしめとしては殺しができれば満足でございますが、よろしいのですかな？　先日の《傀儡公》といい、この《封牢》といい、例の決戦には有用な戦力たり得たようにお見受けしますが」

「……マルコシアスが決めたことよ。私たちは、黙って従えばいい」

「左様でございますか」

老紳士は紳士帽の位置を正して背を向ける。

そちらには視線も向けず、エリゴルは哀れな男の手から銀の円盤をそっと取り上げた。

「これで、ようやく準備が整った。アスモデウスを、摘み取れる」

「…………」

老紳士はなにも言わず、静かに消えていくのだった。

「――しかし、たった一年で〈魔王〉もずいぶん顔ぶれが変わったものだね」

ワイングラスを傾けて、ウェパルは懐かしそうにつぶやく。

小柄で銀色の髪を黒のリボンで結い、その眼は固く閉ざされているが、これでも成人男性である。

〈魔王〉ザガンが新たな〈魔王〉フルフルを庇護してから、一か月が過ぎていた。

情勢に大きな動きはないように見える。せいぜい、魔族の出没件数が飛躍的に増えていることくらいだろう。おかげで、ザガン陣営の魔術師たちも与えられた課題に邁進することができていた。

そこは魔王殿の一室。談話室として使われているこの部屋には、彼の他にゴメリとキメリエスの姿もあった。共に、一年前の魔王候補だった者たちである。ウェパルが紅茶でも飲もうと足を踏み入れたら、先に彼らがいたのである。

元魔王候補同士顔を合わせて、まず思い至るのは〈魔王〉の世代交代だった。

「うむ。ネフィ嬢、フォル嬢に続いてフルフル嬢まで〈魔王〉に昇格とはのう」

「シャックスさんの名前も挙げてくださいよ、ゴメリさん」

だが、このおばあちゃんが次になにを言うかは想像がついているのだろう。キメリエスは仕方なさそうに苦笑し、ウェパルは〝関わりたくない〟と耳を塞いだ。

「世はまさに大愛で力黄金時代！　妾のための楽園がいまここに！」

キメリエスは澄ました顔で紅茶を傾ける。

「ゴメリさんが楽しいなら、僕はそれでかまいませんよ」

「巻き添えになる者の気持ちも考慮してもらいたいところだが……」

苦言を呈するウェパルに、ゴメリが言う。

「じゃが、黄金時代というのはあながち冗談でもないぞえ？　魔王候補が十人近くいて、その全員が〈魔王〉に足るなんぞという時代は過去に例のない話じゃ」

実際に、ここ一年で〈魔王〉となった者のうち、ザガンとフォル、そしてフルフルの二人は当時の魔王候補だった。

ここにいるウェパルとゴメリ、キメリエスの三人も彼らになにか劣っているわけではな

い。強いていうなら、巡り合わせゆえだろう。巡り合わせゆえに〈魔王〉の座についていないだけだ。

そしてこの場にはいないが、《封牢》のアケロンと《神眼》のフラウロス、そして《煉獄》のバルバロスも、決してそれらに引けを取る魔術師ではない。

そう考えると、確かに黄金時代ではあった。

――バルバロスも、ザガンに執着していなければ〈魔王〉になっていただろうにね。

先日、エリゴルとの戦闘で見せた力はすでに〈魔王〉の域に達していたように思う。

あまり仲良くしたくはない友人のことを思い出していると、ゴメリが舐めるような眼差しを送ってくる。

「ウェパル、おぬしとてアスモデウスに固執せねば、すでに〈魔王〉になっていてもおかしくなかろう？」

「……ザガンは気前よく力を分け与えてくれるからね」

自分が思っていたことをそのまま返され、ウェパルは曖昧に返した。

研究材料の聖剣だけでなく、彼の王はその英知すらも惜しみなく与えてくれた。おかげで、対アスモデウスに構想していたいくつかの手段を完成させるに至った。

――それでも、あの忌々しい女にはまだ勝てない。

もっと、力が必要だ。他の〈魔王〉なんぞ興味はない。

ゴメリは余計に興味を持ったように身を乗り出す。

「それで、おぬしの方の研究はどうなのじゃ？　聖剣から愛で力……げふんげふんっ天使を解放するとかいうやつじゃ」

「……キミには黙っていた方がいいような気がしてきたが、まあ順調だよ」

聖剣研究の第一人者のウェパルに、聖騎士長屈指の実力者であるラーファエルが全面的に協力してくれているのだ。成果が上がらないわけがない。

「単純に、天使を解放する手法自体はほぼ確立できたと言っていい。聖剣所持者側がすでに答えを持っていたからね。私の役目はそれを固着させる器の精製だ。こちらも試作品はほぼ完成している」

「ほう。さすがじゃのう」

「だが、まだ問題がいくつかある」

ウェパルはそう前置いてから指を一本立てる。

「まず、問題は天使解放の術である【告解】が、完全に聖剣所持者の技量に依存してしまっていること。現状、その段階に達しているのは六人。十二本の半数に過ぎない」

この事実に、意外そうな顔をしたのはキメリエスだった。

「六人？　では、彼らも到達したのですか？」

ウェパルは気の毒そうにうなずく。

「ここには、良くも悪くも優れた剣の達人が何人もいるからね。その全員から連日しごかれれば悟りのひとつも開けるというものだろう」

「あー……」

キメリエスも察したようで目を細める。

ここ最近、新入りたちの指導には二代目銀眼の王アインを始め、執事のラーファエルにその娘の黒花、さらにはオリアスことオベロン卿も気が向けば参加しているという。

それは強くなる以外の選択肢がないだろう。強くなれねば死ぬだけなのだから。

ゴメリが身を乗り出して聞いてくる。

「ふたつ目はなんじゃ？」

「依り代を移しても、聖剣との紐付けが絶てない。器を壊されれば聖剣の中に逆戻りだろう。聖剣を完全消滅でもさせない限り、これを解消するのは難しい」

「じゃが、聖剣は粉々に粉砕されても機能する……であったな？」

ウェパルも苦い表情でうなずく。

「人身御供という聖剣の製法が嫌というほど拘束へと機能してしまっている。因果の糸を

断ち切るような途方もない力が必要になるだろう」

それから、ゴメリに顔を向ける。

「ゴメリ、キミの呪鎌〈タナトス〉でなんとかならないかい？」

問いかけられ、ゴメリは自身の肩に立てかけた大鎌を見遣る。

「うーん、これはそういうものじゃないからのう。なにかしらの方法で転用することはできるかもしれんが、これそのものでは無理じゃろうな」

「やはりそうか……」

ウェパルも確かめただけなので、小さくうなずくに留める。

そこに、キメリエスが口を開く。

「しかし、器というのはどうやって作られたのですか？　フルフルさんはまだ修練中で、研究には協力できていないという話ですが」

「ああ、それは妾も気になるのう。魂魄というものは恐ろしく不安定で繊細なものじゃからのう。単に入れ物を作っただけでは適合できずに消滅するはずじゃ」

魂魄というものが未だに未知な存在なのは、それが魂魄という状態で留めておくことができないことも原因のひとつである。あれは流れ移ろうものなのだ。

それを留める器というものは、魂魄と同一の存在でなければならない。

他人の体に押し込めたところで、定着できずに消えてしまう。魔術で括って肉体を支配できたとしても、ものの数年で朽ち果てるのだ。ホムンクルスが肉体を交換できるのは、それらが肉体として同一の存在だからだ。

そちらの研究の第一人者は《怨嗟》のアンドラスと言われているが、彼ですら依り代には自分の血族を必要としていた。血という呪法で肉体と魂魄を同期させたらしい。ザガンの書庫には彼の魔道書が何冊も蔵書されており、実に役立った。

――彼もなにかと因果な魔術師だったようだが……。

バルバロスの師であり、祖先であり、そしてザガンとアルシエラという母子によって二度も粛清を受けている。

ウェパルはなんでもなさそうに微笑み返す。

「フルフルの存在自体がひとつのヒントになったよ。……というより、恐らく彼女の身体を研究したところで成果は得られないだろう」

「……というと？」

もったいぶった言い回しになってしまい、ゴメリとキメリエスは怪訝そうな顔をする。

生物の魂魄を無機物の器に入れたところで、精神が耐えきれずに崩壊する。にも拘わらず、フルフルはなんの不具合も起こさず稼働している。

「あれは、魂魄の方が特別なのだよ」

フォルネウス公の遺作にして最高傑作（けっさく）——人造魂魄——フルフルの器が無機物なのは、魂魄の創造を証明するためだけではない。

「フルフルは、涙（なみだ）を流したという。陶器（とうき）人形の器では、絶対にあり得ない。それが可能だとするなら、器の方が変化したからだ」

「——ッ」

その意味がわからない魔術師ではない。ふたりは息を呑んだ。

ミーカが出会ったフルフルは、世間知らずで言葉も不安定だったという。人造魂魄はまるで無垢（むく）な状態だったのだ。

それがミーカと交流することで経験し、感情を学んでその死を悲しいと感じた。

その魂魄の成長に、器の方が応えたのだ。

文字通りの生きた人形。成長する器だ。

「フルフルという魂魄のためにあつらえた専用の器だ。彼女はいつか、人間と変わらない存在になるのかもしれない」

その可能性を確かめられたから、フォルネウスは世を去ったのだ。

ゴメリは感銘（かんめい）を受け、厳（おごそ）かに祈（いの）った。

「なんたる愛で力の化身……！　この気持ちを表せる言葉を、妾は知らぬ」

「……まあ、キミはそれでいいのかもしれないね」

呆れ果てて言うと、キメリエスも仕方なさそうに苦笑する。

「ウェパルさんも馴染みましたねえ」

「あまり馴染みたくはなかったがね」

それから、ゴメリは心底残念そうにうつむく。

「つくづく、フォルネウス公が失われた損失は大きいのう」

「「……」」

ウェパルとキメリエスは、どちらからともなく瞑目した。

それから、ウェパルはもうひとつ付け加える。

「……それと、アケロンもだね」

すでにひと月も前の話になるが、ザガンが接触を試みていた魔術師たちのうち、《封牢》のアケロンが死体で発見された。

――ザガンが接触したからか、それとも別の理由か。

現場の酒場には他に何人も客が入っていたにも拘わらず、彼がいつ殺されたのかわからなかったらしい。テーブルまで引っくり返されていたというのにだ。そこから、犯人はグラシャラボラスであると断定された。

と、そのときだった。

「キメリエス、大変だ！」

談話室の扉が、ノックもなく開かれた。

「どうしたんですか？」

本日、ザガンは休暇を取っている。誰も取り次がぬよう命じられているため、どうしようもない場合の代理としてキメリエスが対応することになっていた。

「襲撃者……いや、来客だ」

報告に来た魔術師は、相当慌てているようだ。

まあ、それも無理はない。ウェパルも、魔術師が連れてきた相手に顔を向けて、その理由を理解した。

「あなたは……！」

ザガンの元に、予期せぬ客が訪れたのだった。

◇

「……ようやく見つけたぜ、《黄金卿》フェネクス」

くたびれた声でそう言ったのは、顔面を拘束帯で覆った青年だった。

その傍らには、拘束服で体の自由を奪われた少女が佇んでいる。こちらもクタクタのようで、青年に寄りかかってうつらうつらと船をこぎ始めている。

青年の名はベヘモス。ひょろりとした体躯に、浅黒い肌を持つ年齢不詳の男だ。まとっているのはローブというより外套のような形で、この季節には暑そうな格好だ。拘束帯のおかげで顔立ちはわからないが、その隙間から赤い瞳が覗いていた。

少女の方はレヴィアタン。セイレーン特有のヒレのような耳、そしてどっかの脳天気な人魚と同じく碧い髪と碧い瞳を持っている。拘束服で両腕が封じられているが、足元は開いていて歩けるようになっている。袖から下がる飾り紐が特徴的だった。

このふたりは、片方が人の姿でいられる間、片方が異形の怪物になるという呪いをかけられていた。比翼連理の呪いとでも呼べばいいだろうか。その呪いを解く方法を探して五

百年、世界をさまよった。

――ザガンがいなければ、いまでもそうだった。

彼らの呪いは、解けたわけではない。それでも、呪いを封じることはできた。こうしてふたりが再会できたのは、〈魔王〉ザガンの手腕によるものだった。

だから、今度はべヘモスとレヴィアが彼のために働くのだ。

いつか、本当に呪いが解けるその日まで。

そうしてザガンから新たな命を受けて、二か月が過ぎようとしていた。

ふたりはある魔術師を捜していた。他にも同じ命令で各地に飛んだ魔術師はいるが、恐らくべヘモスたちが一番遅くなるだろう。シャックスなどはひと月も前にフォルネウスと接触して帰還したという話だ。

それもそのはず。べヘモスたちの担当する魔術師は、ひと際くせ者なのだ。

ようやく見つけたその魔術師は、異様な姿をしていた。

まず、頭にかぶった不気味な仮面である。

鳥のくちばしを模ったような異様な形状で、表面には無数の鋲が打たれている。目にあたる部分には曇りガラスのレンズがはめ込まれていた。肩からは鳥の羽根を編み込んだローブがかけられ、猫背で体をかがめているせいで体躯もわからない。

ローブの隙間から覗く手もまた真鍮の手甲に覆われており、脚甲も、異様な仮面も、全てがくすんだ真鍮でできていた。そのどれもが色あせていなければ、黄金の名が相応しかっただろう。

《黄金卿》フェネクス。十三人の〈魔王〉のひとりであり、フォルネウスと並ぶほどに古く、そして忌まわしい魔術の数々を生み出したと言われている。

魔術師は鳥の仮面でふり返る。

『ふむ。聞き覚えのある声だと思ったら、キミたちか』

その声は非常に聞きづらく、なんというか潰れた怪鳥のように汚い声だった。レヴィアが耐えかねたように胸元に頭をこすり付けてきた――耳を塞ごうとしたのだろう――ので、もう一方の耳はベヘモスが押さえて塞いでやった。

ただ、レンズの向こうに見えた紅蓮の瞳は、驚愕に見開かれているように見えた。

『……ふたり揃っているところを見ると、まさか〝あの呪い〟が解けたのか？』

ベヘモスとレヴィアの事情を知る者であれば、その反応は当然だろう。

そうした反応はまんざらでもなく、ベヘモスは肩を竦めて返す。

「ま、解けたってわけじゃないが、ひとまずの望みは叶った。……それより、なんつう声だい。その仮面のせいかい？」

《黄金卿》は尊大に両腕を広げてみせる。

『なかなか素敵なマスクだろう？　六百年前……いや、七百年前だったかな？　オリアスが疫病をぶちまけたときに流行ったマスクだよ。……ああ、前のオリアスの話だ』

現在〝オリアス〟の名で呼ばれる魔術師は、かつて〈魔王〉オリアスを殺してその名を奪ったハイエルフである。フェネクスが言っているのは、本来のオリアスのことだ。

べヘモスは辟易として頭を振る。

「あのクソ野郎の好みかい？　道理で趣味が悪いと思ったぜ。そんな臭そうなもんをかぶって、よく平然としてられるな」

「べヘモス。言い過ぎ」

レヴィアからたしなめられるも、彼女も軽蔑したような冷たい眼差しを向けている。それもそのはず。なぜなら……。

——俺たちに呪いをかけたクソ野郎の名前だ。聞きたくもねえ。

どうにも主導していたのはシアカーンらしいが、実際にべヘモスたちに呪いをかけたのはその〈魔王〉だった。

嫌悪を隠しきれないふたりに気を悪くした様子もなく、《黄金卿》は肩を竦めた。

『そう見えるかい？　死ぬほど臭いから三度ほど吐いているよ。正直、辛い』

「さっさと脱げよそんなもん！」

もしかしてひどい声をしているのはそのせいなのだろうか。

フェネクスは幻覚でも見ているようにフラフラと左右に体を揺らす。

『意識が朦朧として、脳機能の低下を感じる。未知の体験だ。これを続けたらそのうちにも考えられなくなって、死すらどうでもよくなる気がする。検証の価値があると思わないかね？』

「……あんた、未だにその自傷癖直ってねえのかよ」

この魔術師は〈魔王〉でありながら、厄介な習性を持っていた。それが、この自傷癖である。常人なら死ぬような事象を目の当たりにすると、とりあえず突っ込んでみるのだ。

――にも拘わらず、未だに〈魔王〉をやってる化け物だがな……。

ザガンの配下はみな有能だが、この怪物と交渉ができる者となると、ベヘモスとレヴィアのふたりを於いて他にいないだろう。

フェネクスはようやく真っ直ぐ立つと、ベヘモスに向き直る。

『それで、何用かな？　こんなところまで僕を訪ねてくるとは』

そこは大陸の西北端にある古い火山だった。

クリオ火山。いにしえの時代には景気よく噴火していくつもの伝説に登場したが、現在では死火山としてその面影を残すだけの場所だ。当然、いまとなっては誰も立ち寄らない場所で、最寄りの村からは馬車を飛ばしても丸二日はかかる辺境である。

……その、はずだったのだ。

ベヘモスはグツグツと煮立つ溶岩の海を見下ろし、ごくりと唾を飲む。

「クリオ火山が噴火したって話を聞いてな。もしかしたらあんたじゃねえかと思って来てみれば、どんぴしゃりだったわけだ。……今度はなにをやらかしたんだい？」

そう問いかけると、フェネクスはくちばしの仮面を傾け、気怠そうに答える。

『火山というのはこの星でもっとも強大な力を持つ現象だ。一度死んだ火山を蘇らせれば、きっと途方もない対価が必要になるのではないかと、試していたのだよ。……まあ、結果はお察しの通りさ』

死せる火山を蘇らせるという偉業は、魔術というより魔法の範疇だろう。だが、魔術には奇跡などという都合のいい偶然は発生しない。分を超えた行いには、相応の対価が求められるのだ。

その多くは、術者の命である。

だが、フェネクスはなにも失った様子もなく平然としている。

《傀儡公》フォルネウスが錬金術の始祖であるように、この《黄金卿》フェネクスは数多の生け贄魔術の始祖なのだ。かつてバルバロスと連んでいた《顔剥ぎ》あたりがその系譜である。

ただ、足元で蠢く焦熱を見下ろす魔術師の声に滲んでいたのは、落胆だった。

死んだ火山すら蘇らせる偉大な魔術を成功させてなお、この恐るべき魔術師にとっては失敗でしかなかったのだ。

だが、フェネクスはどうやって来たのかを問うているわけではない。

べへモスは意を決して打ち明ける。

「あんたの弟子の、アケロンが殺られた。やったのは、グラシャラボラスらしい」

『…………そうか』

その聞き取りにくい声は、どこか悼むように聞こえた。

それから、仰々しく両腕を広げて驚く仕草をする。

『キミたちはなんて親切なんだ。そんなことを知らせに、わざわざこんな辺鄙なところまで足を運んでくれたのかな？』

まあ、実験に失敗した直後に弟子の訃報というのは、いくらこの魔術師でも辛いものが

あったのだろう。自棄でも起こしそうな仕草だった。

とはいえ、本題はそこではない。

ベヘモスはガシガシと頭を掻きながら口を開く。

「伝えないわけにはいかないと思っただけだ。……俺たちの用件は、ある男に会ってほしいということだ」

『〈魔王〉ザガンかね？』

説明するまでもなく、フェネクスはその名を言い当てた。

『僕が俗世を離れている間に、ずいぶんと暴れたらしいね。噂では、あ、の、シアカーンを殺したんだって？』

「ああ」

ベヘモスが肯定すると、フェネクスはくだらないと言わんばかりに失笑した。

『ふふふ……。やつは〈魔王〉の中でも最弱。人間に敗れるとは〈魔王〉の面汚しよ』

「「…………」」

ベヘモスとレヴィアはどうしようもないものを見たように閉口した。

――アケロンも、変に芝居がかった言動の魔術師だったらしいが……。

師弟揃って嫌なところが似るものである。

ひとりで笑い声を上げて、それからフェネクスは急に肩を落とす。

『そうか……。本当に死んでしまったのか。残念だ。彼は死んでも死ねない男だと思っていたのだがね』

「あんたでも、他人の死を悼んだりするのか？」

弟子の死にも、こう露骨には感情を示さなかった魔術師だというのに。

フェネクスは沈痛な声音で続ける。

『彼は友人だったからね』

それからローブをばさりと振り払ってふり返ると、おかしそうに笑う。

『はてさて、ザガンくんに会えとはどういうことだろう。彼は外ではずいぶんとやんちゃをしているらしいね。シアカーンだけでなく、ビフロンスやふたり目のオリアス、アンドレアルフスの脱落、フルカスの行方不明にも絡んでいるって話じゃないか』

指折り数えて、フェネクスは信じられないようにもう一度べへモスへ顔を向ける。

『え、多すぎない？　なんなの。疫病神なの？　やだ、関わりたくない……』

「いやまあ、ボスは敵対者には容赦しないってだけだぜ？」

ひとしきり怯える仕草を見せてから、フェネクスは気怠そうに肩を落とす。

『それで、次は僕を標的に定めたってところかな？　だとしたらつまらない話だ。世間知らずの坊やを一から教育するのは、非常に面倒だからね』

ザガンの功績を知ってなお、フェネクスはそう断言する。

だが、すぐに思い直したように頭を振った。

『あ、違った。シアカーンやアンドレアルフス程度を倒したくらいで、この僕に勝てると思い上がったか？　新入り風情が、不遜であろう』

「なんで言い直した？」

ひとりで悦に浸ると、フェネクスはまたぐるんと顔をベヘモスに向け直す。

『あれ、ちょっと待って？　あの子、アンドレアルフスを倒したの？　どうやったらあんなのに勝てるの？』

「さっき自分で言ったろ？　なんでいまごろびっくりしてんの？」

『いや、あいつろくな死に方しないだろうと思ってたから死んだのは驚かないけど、なんていうかこう、戦って倒すみたいなイメージなかったから……』

《剣神》アンドレアルフスは、〈魔王の刻印〉と聖剣〈ザラキエル〉を持ち、時間すらも止める、正しく世界最強の男だった。〈刻印〉と聖剣を手放したいまなお、あの男を倒せ

る者というのは思いつかない。

――あと、一応生きてるって聞いてるが。

だが、フェネクスはそれすらもすぐに興味をなくしてしまう。

『まあ、どうでもいいか。アンドレアルフスは確かに強かったけど、でもそれだけだ。僕の願いには遠く遠く、あまりに遠く及ばない』

その声は、一度は希望を見たように、失意に濡れていた。

『あとあいつ、グラシャラボラスのほら吹き野郎、早く死なないかな。うちの弟子まで殺っただと？　あいつ独りよがりな上に口先だけだから、本当に嫌い。なにが《殺人卿》だバーーーーーカッ！』

「「…………」」

ベヘモスは再び閉口する。

――さすがに、荒れてるな……。

弟子を殺されたことに、多少の動揺はあるのだろう。

それに、今回も上手くいかなかったらしいことは、ベヘモスの目にも明らかである。この魔術師には、ベヘモスたち以上に途方もない年月をかけて挑んでいる大望があるのだ。

それに関しては同情しなくもないのだが、面倒臭いことに変わりはない。

このまま愚痴を垂れ流されても厄介だ。べヘモスはフェネクスの気に入りそうな話題を振ってやる。

「あー、グラシャラボラスなら、この前殺されたらしいぞ？」

『え、なにそれ嬉しい。キミ、そんなに僕を喜ばせてどうするつもりだ？　あれか？〈魔王の刻印〉とかいる？』

〈魔王〉の証まで手放さんばかりの歓喜に、べヘモスも思わず仰け反る。

「そんなに嬉しかったのかよ。……でもたぶん、まだ生きてるとは思うぜ？」

アケロンがやられたのは、黒花とシャックスがグラシャラボラスを倒したあとの話だ。殺されたのに生きているとはおかしな話だが、〈魔王〉という連中は殺したくらいでは死なないのだ。死に方にもよるだろうが、彼らは心臓をえぐり出しても頭を潰しても平然と蘇ってくる。

――死体は、マルコシアスが持ち去ったって話だしな。

用もないのに持ち帰りはしないだろう。

フェネクスはそれでも満足そうに何度もうなずく。

『なら、もう一度殺せるな。いい話だ。うん。素晴らしい。次は僕が出よう。倒してしまってもかまわんのだろう？』

「…………」

機嫌が良くても悪くても、面倒臭いのは同じだった。

そろそろ口を利くのも嫌になっていると、それを察してくれたようにレヴィアがひょこっとベヘモスの背から顔を覗かせた。

「フェネクス、話を聞く気がないなら、帰るけど」

『おや、レヴィア嬢、キミの方こそ僕と会話をする気はあるようには見えなかったが？』

レヴィアは至って真面目な顔でうなずく。

「……だって、あなたの声、耳障りすぎて、しゃべる気も失せるから」

『キミ、僕にだって傷つく心とかあるんだぞ？』

仮面の向こうで、フェネクスが涙ぐんだときだった。

「「『――ッ』」」

三人は、同時に火口をふり返った。

噴煙の上がる赤い海の奥から、なにかが這い出してきていた。手足や頭のようなものは見つからないが、しかし生物のような意思を持った動きに見える。

「……なんだ、こいつは？」

それは、なんというか〝焼け爛れた泥が球体状に渦巻いたようなもの〟だった。

――生き物じゃあない。あれは……魔族か？

ベヘモスも魔族を見るのは初めてではないが、いままで同じ形状の魔族というものは一度もお目にかかっていない。なにを以て魔族を魔族と定義すればよいのか。

人とは似ても似つかぬどころか、生物にすら見えない。それでいて、どんな物理法則であの形状を保っているのかもわからない。

にも拘わらず、息が詰まるような殺気と魔力を向けてきている。

そこには、なにかしらの意思が存在するのだ。

困惑しながらも、すぐさまレヴィアを抱きかかえ、ベヘモスは火口から距離を取る。

フェネクスが緊張感の欠片もない声でつぶやく。

『おや、見るのは初めてかな？　魔族だよ。そういえば最近はよく見かけるな。彼らにも繁殖期のようなものがあるのだろうか。興味深い』

「言ってる場合か！」

魔族の一体くらいなら、ベヘモスでも倒せると思っていた。

だが、目の前の魔族は火口の溶岩を取り込んだのか、目の前にいるだけで皮膚が焼ける

ような熱を放っている。正直、近づくことすらできそうにない。

なのだが、フェネクスは呆れたように首を横に振る。

『うろたえるなよ、キミ。魔族というものは我々〈魔王〉には決して逆らえんようにできているのだ。正確には、僕たちが持つ〈魔王の刻印〉には、ね？　それこそ〈刻印〉の干渉を受けない例外でも存在しない限りは』

「……おいおい」

なんでこの〈魔王〉はそんな不吉な前振りをしないとしゃべれないのだろうか。

フェネクスは右手を掲げる。

『その魔族よ。〈魔王の刻印〉の下、フェネクスが命じる。暑苦しいから、さっさと消えたま――……え？』

その言葉は、ドッという鈍い音と、小さな衝撃によって遮られた。

フェネクスは不思議そうに自分の体を見下ろす。

◇

溶岩の魔族が放った礫が、〈魔王〉の体に突き刺さっていた。

「……ねえ、リリーちゃん。なんであたしの周りには、あたしを置いて逃げる男しか寄りつかないんですか？」

「さあ。見る目がないからじゃないんですかあ？」

ところは変わって、大陸南方のとある街。そこで、哀れな娘が恨み言をこぼしていた。

そんな哀れな娘を、ひとりの少女が呆れ顔で眺めている。

月明かりを受けて淡く輝く銀色の髪。大きな菫色の瞳には星の刻印が浮かび、胸元には銀のペンダントが下げられている。幼さを残しつつも整った顔貌で、口を開かなければきっと誰もに愛されるだろう容姿をしていた。

十五、六歳にしか見えない少女の名はアスモデウス。自他共に認める最低最悪の〈魔王〉である。

あたりには数分前まで家屋だったものが、ねじくれ曲がってへし折れ散乱している。

彼女が魔術を使うと、どうしてもこうなってしまう。巻き添えを食った有象無象には運が悪かったと諦めてもらう外ない。

「私としては、こんな短期間にこんな何度も魔族に遭遇してる記者さんの存在の方が疑問ですねえ。やっぱりなんか質の悪い呪いとか、かけられてません？」

アスモデウスはマルコシアスから魔族の討伐を命じられている。ちょうどいまも、この場所で一匹始末したところだった。

　魔族の出現を予測できるのは、予言者と呼ばれる異能の持ち主だけである。いまの時代だと〈魔王〉エリゴルただひとりで、彼女の指示のおかげでアスモデウスも真っ直ぐ魔族の始末ができている。

　そんな行く先で、なぜか結構な頻度でこの哀れな娘――レベッカとかいうゴシップ記者に遭遇しているのだ。

　レベッカは空虚な笑みを浮かべる。

「呪われてるのはそうかもしれないですね。毎度命は助かってますけど、不思議なことになぜか有り金全部なくしちゃうんですよ」

「あは、もう少し金銭感覚しっかりした方がいいんじゃないです？　金は天下の回りものとは言いますけど、そんなんじゃ生活できませんよお？」

「誰に貢いでると思ってんですかっ？」

　毎度助けてあげているのはアスモデウスだが、そのたびに有り金全部巻き上げているのだ。恨み言のひとつくらいぶつけたくなるのはもっともなのだが、当然の報酬を受け取っているだけという認識の少女は不思議そうに首を傾げるばかりだった。

レベッカはとうとう地面に身を投げ出してバタバタと手足を暴れさせる。

「きいぃぃぃっ！　あたしだっていい男にちやほやされたり守られたりしたいー！　というか無一文のあたしを養ってくれたっていいじゃない！」

「いや、相手にも選ぶ権利とかあるんじゃないんですか？」

正論を返すと、レベッカは涙目で睨み返してくる。

「はーーーっ！　いいですよねえリリーちゃんは相手選べそうで！」

「まあ、この容姿なものでモテるのは否定しませんけど？」

「ぎゃあっ？」

銀色の髪をしゃらりと指で梳いて微笑むと、レベッカは悲鳴を上げて卒倒した。

だが、すぐに立ち上がってペンと手帳を取り出す。

「はあ、もういいですよ。それじゃあ勝ち組のリリーちゃんの恋バナでも教えてもらいましょうか？」

「え、なんで親しくもない相手にそんな話しないといけないんです？」

「……？　あたしの食い扶持のために決まってるじゃないですか。説明しないとわからないんですか？」

「ご、ごめんなさい」

これが生への執念というものだろうか。

どんよりと曇った瞳で額に青筋まで立て、真顔で返すゴシップ記者に、アスモデウスも思わず謝った。歴史上、この〈魔王〉に謝罪させた個人は恐らく初めてだろう。さすが幾度も魔族に遭遇していながら生き延びている娘といったところである。

まあ、これだけ毎回金品を巻き上げていると、アスモデウスでも幽かに良心が咎めるような気持ちが芽生えないでもない。

答えてもいいが、しかしと首を傾げる。

「恋バナなんかがお金になるんですかあ？」

「なに言ってんですか。むしろいま一番金になるのが恋バナですよ？　知りません？　聖騎士長シャスティルと元魔王候補バルバロスの熱愛。二か月経ってもネタに事欠かないんで連日トップニュースですよ？」

情報交換の媒体に新聞を利用しているため、アスモデウスも目にしたことはある。

すでに〈魔王〉ザガンは彼らから手を引いているが、一度火の付いた話題というものはそう簡単に消えるものではない。特に、彼らは遠目に見ているだけで毎日なにかしらの騒動を起こしているため、いくらでもネタが湧いて出るという。

そんなわけで、事件から二か月経ったいまも紙面を騒がせているらしい。

「へー。物好きもいるもんですねー。一度くらい見てみたいですねー」

まるで興味がなさそうに作り笑いを返す。

実はアスモデウスはその不祥事(スキャンダル)の現場に思いっきり居合わせているのだが、幸か不幸か彼女はまるでそれを認識していなかった。

――人間の顔なんか全部同じようなものなのに、よく特定の誰かにそんな重たい感情抱けますねえ。

アスモデウスの一族である宝石族(カーバンクル)は、四百年も昔に滅(ほろ)んでいる。彼女たちの体に埋(う)まっている核石(かくいし)に値打ちがあったからである。

そんな彼女にとって外の人間というものは、害敵か有象無象のどちらかでしかない。魔(ま)術師(じゅつし)だろうが教会だろうが一般人(いっぱんじん)だろうが、煌輝石(エリアル・ブラッド)とか名付けられた核石を欲(ほ)しがることに変わりはないのだから。

ゆえに、一部の例外があることは認めるが、いちいち個として見分けるメリットがなにもなかったのだ。

そんなアスモデウスの様子を気にも留めず、レベッカは熱のこもった調子で続ける。

「ま、世間はバルシャスとか言って騒いでますけど、うちの稼(かせ)ぎ頭(がしら)はなんてったってリリーちゃんですからね！　そのリリーちゃんの恋バナなら確実にトップ取れますよ」

そう言われて、前も同じようなことを聞かれたのだと思い出す。

──そういえば、フォルちゃんもそういうの好きそうでしたねえ。

あの小さな竜の少女から恋について問いかけられたのは、いまでも忘れていない。

アスモデウスは、そのときと同じように、困ったように眉根を寄せて首を傾げた。

「そうは言われても、私、特定の誰かにそういう感情持ったことありませんよお？」

それまでの悪態もどこへやら、レベッカは目をまん丸にしてポカンと口を開けた。

「え、それって付き合ったこともないっていうか、誰かを好きになったこともないってことですか？」

「いや、魔術師なんてそんなもんですよ？」

「じ、じゃあ、初恋とかの話は……」

「だから、恋とか言われてもわかりませんってば……」

期待を裏切るのは申し訳ないが、アスモデウスは肩を竦めることしかできない。

まあ、恋バナというのが金になるなら、ゴシップ記者が飯の種にそれを聞きたがるのはわからないでもない。だが、聞く相手を間違っているだろう。

なのだが、なぜかレベッカは面白い話を聞いたとばかりに目を輝かせていた。

「あらあらあらあら、それはまた美味しい……もとい、面白いこと聞きましたね！」

「なにも言い直せてないですよ？」

レベッカは瓦礫の中からふたり分の椅子を引っ張り出してくると、ペン先を舐めてアスモデウスを凝視する。

「詳しく聞かせてもらいましょう。言い寄ってくる相手はいたんですよね？」

有無を言わせぬ迫力に、アスモデウスも椅子に座らされてしまう。

「はあ、まあ……」

「なら印象に残ってる人とかいるでしょう？」

「えー？　うーん……ああ、二、三か月くらい前ですかね？　まあ、ちょっと親戚筋の人と会ったもので、その人は印象には残ってますかね」

好きという気持ちはわからないが、好意を抱かれたことくらいはわかる。

虐げられし者の都で面倒を見てくれた彼は『もしものときはいっしょに逃げよう』とまで言ってくれたのだ。さすがにそれでわからないほど、アスモデウスも人の心を持っていないわけではない。

――シュラくんは、いい人でしたからね……。

アスモデウスが記憶喪失だと思ったからとはいえ、本当に優しくしてくれた。一応、感謝はしているのだ。

そう説明すると、レベッカは黄色い声を上げた。

「っはー！　なんでそれいっしょに逃げなかったんですか？」

「いや、どこに逃げるっていうんですか？　それに私、彼がいっしょに来てもたぶん捨て駒とかに使って見捨てちゃいますから、さすがにそれは気が咎めたというか……」

同じ宝石族の彼を死なせはしないだろう。

だがアスモデウスがそうしなかったとしても、いずれ誰かに殺されることになる。だって、彼は宝石族なのだから。だから、フォルが庇護するあの街から出るべきではない。

——たぶん、生きていてほしいと、私は思ってるんですよね……。

もう引き返せない自分とは違って、まだ前を向いて生きていける宝石族がいるという事実は、アスモデウスにとって少なからず救いになっているのだ。

ただ、それと恋愛という感情は同じものではないだろう。

アスモデウスは、困ったように問いかける。

「そもそも、その〝好き〟ってどういう気持ちなんですか？」

「んんっ！　素面でそんなこと聞けるのはポイント高いですね。愛でポイント九十点はあ

りますよ」

「なんですかそのポイント」

「最近知り合った魔女が教えてくれた愛で力って概念ですね。でも、数値化してあげないと読者には伝わりませんから」

「はあ……」

なにやら猛烈な勢いで手帳にペンを走らせると、レベッカは血走った眼を向けてくる。

「そうですねえ。好きっていうのはやっぱりこの人といっしょにいたいとか、傍にいてほしいみたいな感じだと思いますよ！」

そう言われて、真っ先に頭に浮かんだのは竜の少女だった。

――まあ、フォルちゃんはいい子ですからねえ。

ただまあ、それが友情なのだろうことは、アスモデウスでもわかる。

頬杖を突いて、アスモデウスは首を傾げる。

「それ、友達となにが違うんですか？」

「愛でポイントプラス八十点！　やっぱりすげえよリリーは。その歳で恋も知らないとか天然結晶かよ」

まあ、恋も知らない四百歳というのは、確かに珍しいものかもしれない。たぶん、不名

誉な意味だとは思うが。

「それ、何点満点なんですか？」

「百点満点ですよ？」

「すでにだいぶ超過してません？」

「それだけ資質があるってことですよ！　あ、友達との違いはこの人じゃないとダメとか、その人のためなら死んでもいいみたいな強い気持ちですかね」

そう言われると、思い浮かぶ顔がないでもない。

「うーん、そういうのだと弟子ですかねえ」

死んでもいいというよりは〝殺されてもいい〟だろうか。

――いつか、あの子の力が私に届いたそのときは、おとなしく死んであげてもいい。

弟子は師を超えていくものである。そして弟子のウェパルにはアスモデウスを恨み、殺すだけの理由がある。

だから、あの弟子だけは自分を殺してもいいのだ。きっと、それがアスモデウスにとってもっとも安らかな最期なのだろう。

何気なくそう返すと、レベッカは驚愕に目を見開いた。

「弟子っ？　リリーちゃん、お弟子さんとかいる歳なんですか？」

「まー、これでも私、そこそこ長いこと魔術師やってますから」

未(いま)だに反抗的(はんこうてき)で愛らしい弟子ではある。

だが、とアスモデウスは我に返る。

「でも、弟子は弟子ですからねえ。別にデザートを食べさせ合いっこしたり、抱き合ったりしたいなんてことはないですし」

「あらあらあら、ちゃんと知ってるじゃないですか。付き合うってことを！」

「いや、この前胸焼けするくらい見せつけられてきたばかりなもんで……」

ザガンとネフィである。

まあ、結果的に魔族の情報を提供してもらえるように話は付けられたが、それまで延々と甘(あま)ったるいやりとりを見せつけられたのだ。ああいうのは、当分は見たくない。

辟易とした声をもらすと、レベッカはなるほどとうなずく。

「リリーちゃんは静かに付き合いたいタイプなんですね。じゃあ、いっしょにいると安らぐというか、寄り添(そ)いたい相手とかは？」

「あー、それならいる気がしますね」

あの胸焼けのあと、なぜかいっしょに紅茶を飲む流れになった老執事(ろうしつじ)である。

——ラーファエルさんって、言いましたっけ？

姉の核石を返してくれた人物でもあり、妙に縁が続く相手である。

「すごく美味しい紅茶を淹れてくれる人なんですよ。……あの紅茶、もう一度飲んでみたいな」

思い出すと、なぜか自然と顔がほころんだ。

そんな反応に、レベッカがカッと目を見開いた。

「愛でポイントプラス二百点！　桁違いかよ、やるなリリー」

「やっぱりそれ悪い意味ですよね？　あと相手おじいちゃんですからね？」

なのだが、レベッカは不思議そうに首を傾げた。

「おじいちゃんだと、なにか不味いんですか？　リリーちゃんも見た目通りの歳じゃないんでしょ？　弟子とかいるんだから」

「む……」

そう言われると、なぜか言い返せなかった。

確かに年齢的な話になると、アスモデウスはラーファエルの八倍前後生きていることになってしまう。見た目の年齢など、魔術師にとってどうでもいい話なのは事実だった。

一瞬、真面目に考えてしまって頭を振る。

「いや、お子さんだっているのにそういう話にはならないいんじゃないんですかあ？」

「禁断の恋ほど燃えるって覚えておいた方がいいですよ？　それで、どういう男性なんですか？」

「そこで名前教えるほど、私馬鹿じゃないですよ？」

教えたら記事でおもちゃにされるのは目に見えている。さすがに、そういう迷惑はかけたくないという気持ちくらいはある。

レベッカは首を横に振って食い下がる。

「なにも名前教えろなんて言いませんよ。なにかこう、特徴とか人柄とかあるじゃないですか？」

「人柄……？　まあ、人はいいのに不器用さの方が目立つ感じの人でしたかね。紳士でしたよ？」

「んんっ、リリーちゃんにしては珍しく褒めるじゃないですか。他には他には？」

「この話、まだ続けるんですか？」

そろそろうんざりしつつも、答えないことには解放してもらえそうにない。アスモデウスはしぶしぶラーファエルの特徴を思い返す。

「まあ、強いて言うなら渋いおじいさんですね。結構腕の立ちそうな人でしたよ」

指折り数えて、ふと思い出す。

――嗚呼（ああ）、あの人、誰かに似てると思ったら師匠（ししょう）に似てるんですね。

宝石族（カーバンクル）の隠（かく）れ里（ざと）を襲（おそ）われ、ひとり生き残ったアスモデウスは、最初から魔術が使えたわけではない。アスモデウスにも、魔術の手解（てほど）きをしてくれた師がいたのだ。

当時の魔王（まおう）候補で、とても力のある魔術師だった。いっしょにいられた時間は、長くはなかった。決して善人でも紳士でもなかったが、たくさんのものを与（あた）えて、残してくれた恩人だ。

ラーファエルは、そんな恩師にどこか似ている。

――やりにくいところなんかは、特にですね……。

懐（なつ）かしんでいると、そこで記者のペンが止まる。

「リリーちゃんがそんな言い方するってことは、聖騎士かなんかですか？」

おっと、とアスモデウスは自分の口を押（お）さえた。

――この人、案外油断ならないですねえ。

アスモデウスは魔術師の頂点であるがゆえ、魔術師相手に強いだの弱いだのという表現は滅多（めった）に使わない。自分以外の魔術師は格下でしかないからだ。

そんなアスモデウスが強弱でものを語る相手となると、自分とは分野の違う相手――聖騎士やハイエルフのような魔法を使う存在ということになる。

だが、そんなものはアスモデウス特有の概念である。よほど彼女を理解していなければ行き着く回答ではないはずなのだが、レベッカは何気ないひと言から見抜いたのだ。この娘、記者としては恐ろしく有能なのかもしれない。

いまさら手遅れだろうが、アスモデウスは作り笑顔で首を傾げる。

「あは、か弱い乙女からすると、男の人なんてみんな強そうなものじゃないです？」

「リリーちゃん、説得力って言葉聞いたことあります？」

「辞書に載ってるのは知ってますよ？」

白々しく首を傾げて返すと、存外にレベッカは素直に引き下がった。どうやら記事のネタとしては十分な話を聞き出せたのだろう。

ようやく解放されそうなので肩を回して伸びをしていると、レベッカはいまさらのように家屋だった惨状に目を向ける。

「そういえば、魔族って言うんですよね？　リリーちゃんが戦ってる相手。最近、いくらなんでも多くありません？」

「んー、まあ、ちょっと多いですねー」

どうでもよさそうに返すも、アスモデウスは鋭く目を細めていた。

――逆なんですよねえ。もっと増えてるはずなのに、少なすぎる。

一か月前の増加速度を考えれば、いまアスモデウスが処理している数は想定の半分にも満たないほどだ。

楽になるのは喜ばしいが、原因のわからない現象は不気味である。

ザガンたちからの情報だと、シェムハザと同種の個体が存在していて、それが魔族を生み出しているのではないかという話だった。

――あるいは、それが誰かに始末された？

もしくは、アスモデウス以外に魔族を始末している誰かがいるのか。

しかし、毎日のように魔族を始末して歩くには、アスモデウスに比肩する力が必要である。そんな魔術師は現存する〈魔王〉の中でも、そうはいない。

――私以外だと、せいぜいザガンくんかフェネクスさんくらいですかね……。

だが、ザガンからそんな話は聞いていないし、あのフェネクスがそんな面倒なことに加担するはずがない。目の前に現れれば、さすがに始末くらいするだろうが。

であれば、なにが起きているのか……。

だが、マルコシアスが魔族の処理に本腰を入れてこなかったのは、こうなることを知っ

ていたからだろう。あるいは、マルコシアスが大量の魔族を必要としているか。

あのバトーとかいう〈ネフェリム〉を使ってなにかしようとしている気配もある。

――そろそろ、手を切るタイミングみたいですね。

魔族の対処をしているということは、いよいよマルコシアスにとってアスモデウスは利用価値がなくなるということだ。アスモデウスの方も未回収の核石は、残すところひとつふたつといったところだ。

あとは、どちらが出し抜くか、である。

共に最低の〈魔王〉なのだ。円満に同盟解消などという終わりはない。

アスモデウスは立ち上がる。

「急ぎの用事を思い出したので、私はそろそろお暇させてもらいますねー」

「あれ、なんかあったんですか?」

「んー、ちょっともう一本くらい命綱がほしいなと思って」

きょとんとする記者をひとり残して、アスモデウスは虚空に消えていくのだった。

◇

溶岩の魔族が放った礫が、〈魔王〉の体に突き刺さっていた。

焼け爛れた礫は、そのまま《黄金卿》の体を焼き始める。

『は？　え？　なん……痛っ……熱っ？　痛ったあぁあぁあぁあぁあっ？』

フェネクスは悲鳴を上げて地面を転がった。

――なんか、思ったより余裕ありそうだな……。

ベヘモスたちの助力は必要なさそうだ。

真鍮の仮面の奥で涙を浮かべ、フェネクスは激昂する。

『おまっ、お前えっ！　馬鹿野郎、ふざけるな！　誰を撃っているぅっ！』

怒り狂ったフェネクスは、平然と立ち上がっていた。

『やるならちゃんと殺せえっ！　痛いだけで意味ないだろうがあ！』

「そこなの？」

腕の中でレヴィアまでもが呆れた声をもらす。

だが、魔族にそんな言葉が通じるはずもない。球体状の溶岩は紐のように解れてフェネクスの体を包み込んでいく。

『反省もできんのか、下等生物め。もういい。キミは死ね』

フェネクスは真鍮の手甲に覆われた腕を、大きくひと振りする。

直後、溶岩の魔族が黄金の光に包まれた。

――黄金の炎……。

フェネクスが《黄金卿》たる所以は、外見に起因するものではない。この魔術師が操る炎ゆえの通り名だ。

黄金の炎に、溶岩の体がジュッと音を上げる。

目を瞠ったときには、魔族の姿はどこにもなく、黄金の炎だけが揺らめいていた。

――溶岩を、蒸発させやがった。

それも、悲鳴を上げる間すらない一瞬で、だ。

さらに驚くべきは、それほどの炎を放っていながら、べヘモスの元には熱気のひと吹きすら届かなかったことだ。火口からの熱気は嫌というほど吹き付けているというのに。

『くだらん。実にくだらん存在だ。あの世で僕に詫び続けろ』

吐き捨てるように言う〈魔王〉に、べヘモスとレヴィアは残念なものでも見るような眼差しを送った。

――こいつ、強いはずなのになんでこんな小物臭いんだろう……。

実力だけなら恐らく〈魔王〉の中でも相当上位だろうに、こんな性格ゆえ敬意を払われ

ることは滅多にないのだった。

　ひと通りわめき散らして気が済んだのか、フェネクスはようやくベヘモスたちに顔を向ける。

『すまないな。くだらない邪魔が入った。……それで、なんの話だったかな？』

　正しく赤子の手を捻るように魔族を消滅させた〈魔王〉に、レヴィアは淡々と告げる。

「ザガンが、あなたの動向を知りたがっている。マルコシアスに迎合されると面倒」

『マルコシアス？　ああ、そういえば少し前に招待状のようなものが来ていたね。偽物だと思っていたが、本物だったのか。だとしたら愚かな話だ。せっかく死ねたのにわざわざ蘇るとは』

　心底呆れたようにそうつぶやくと、鳥の面を傾げる。

『マルコシアスにつくかザガンにつくか決めろといったところかね？　あいにくだが、僕はどちらにも加担するつもりはないよ。それに、僕の魔術は趣味が悪いからね。ザガンの方も願い下げではないのかな？』

　ベヘモスは首を横に振る。

「いや、ザガンに会ってほしいってのは俺たちの独断だ」

『ほう……？』

生け贄魔術はザガンが嫌う魔術である。彼もフェネクスを配下に加えようとしているわけではない。

だが、ベヘモスとレヴィアは、この魔術師はザガンに会うべきだと考えた。

ベヘモスの言葉を引き継いで、レヴィアがこう告げた。


「ザガンなら、、、、、、、、、——かもしれない」


その言葉に、《黄金卿》は鳥の仮面の奥で小さく息を呑んだ。

それはうんざりするほど失望し続けてきた幻を見たように、それでいて忘れたかった夢を思い出してしまったように。

恐らくは最強の一角であろう〈魔王〉が、まるで迷子の子供のような感情を見せたのだ。

すがるように手を伸ばしかけて、フェネクスは畏れるように首を横に振った。

『……いまさらそんな話を信じると思うかい？　僕がその手の話にいったい何千回何万回期待を抱いて、裏切られたと思っているんだ』

「気に入らないのなら、話はここまで。私たちは帰る」

ただ、とレヴィアは最後にひと言だけ付け加える。

「私とベヘモスをもう一度会わせてくれたのは、ザガン」

『……ッ…………！』

フェネクスは仮面越しにもわかるほどに歯ぎしりをした。

それから、落ち着きなくその場を行ったり来たりを三度ほど繰り返し、鳥の仮面をレヴィアに向ける。

『僕がキミたちを殺さないのは、友情を感じているからだ。キミたちの境遇は、僕のそれと似通ったところがあるからね』

五百年の間、いろんな人間に会った。魔術師もいたし、聖騎士もいた。当然、普通の人間もだ。

そんな中、アルシエラ以外でベヘモスたちにもっとも理解を示してくれたのが、このフェネクスだった。お互いの願いのため、ときには協力することさえあった。

きっと、それはベヘモスとレヴィアも同じだ。だから、こうしてザガンの意図しない交渉を持ちかけている。

懐かしむように、フェネクスは続ける。

『キミたちの話が嘘偽りだったとしても、僕は決してキミたちを殺しはしない。腹は立てるだろうけどね』

まるで親友と接するように穏やかに語ると、次の瞬間凍るような冷たい声でこう告げた。

『でも、裏切ったら、ザガンを殺す』

幾人もの〈魔王〉を真っ向から破り、その力はあのアスモデウスにも届こうかというザガンに対し、フェネクスはそう断言した。

それでいて、その言葉は過信から来るものではない。

〈魔王〉というものは、そういうものだ。

力の有無は関係ない。

やると言ったらやる。

それができるから、彼らは〈魔王〉なのだ。

苛烈な怒気に、レヴィアは顔色ひとつ変えずにうなずく。

「好きにすればいい。あの子はきっとあなたに応えてくれる」

『……はあ』

《黄金卿》はどっかりと岩の上に腰を下ろす。

『もう、期待するのは嫌なのに……。恨むからな、キミたち』

「心配いらない。そうはならないから」

批難がましいことをつぶやきながらも、《黄金卿》はすごすごと荷物をまとめ始める。

それから、ふと思い出したようにふり返る。

『それで、僕になにをしろって言うんだい？　見返りもなくそんな話を聞かせたわけじゃあないだろう？』

そう言われて、ベヘモスはレヴィアと顔を見合わせた。

（え、どうしよう。なんかこいつに頼みたいこととかあったか？）

（さあ？　でもザガンはいつも人手不足。連れて帰ったら喜ぶのでは？）

（でも、ザガンはこいつのこと嫌がるんじゃねえか？）

（そうかも。……どうしよう）

『キミたち、本気でなんの考えもなかったのか？』

心底呆れたように言う《黄金卿》に、ベヘモスは自然と笑い返した。

「まあ、なんつうか、あれだ。友達が困ってたら、多少は世話を焼きたくなるもんだろ？」

『……ふん。すっかり幸せそうな顔をしやがって。祝言はまだかこの野郎』

鳥の仮面の奥で昔馴染みが笑ったのを、ベヘモスは確かに見た。

そんな平穏をぶち壊したのは、とうとつに響いた声だった。

「あは、だったら代わりに私のお願い、聞いてもらってもいいですかあ？」

いったいどこから現れたのか、岩の上に腰掛け星の瞳でべヘモスたちを見下ろす少女の姿があった。

うんざりするほど聞き覚えのある声に、べヘモスとレヴィアは露骨にしかめっ面をする。

それはフェネクスとて同じだったようで、潰れたカエルのような声を上げた。

『げえっ、アスモデウス！』

「なんですかその害虫でも見たような反応は？」

「似たようなもんだろ、お前は」

べヘモスは警戒心を剥き出しにする。

先日会ったときはなんというか普通の少女のように見えたのだが、すっかり元の守銭奴に戻ってしまったようだ。

とはいえ、こういった反応も慣れたもので、アスモデウスは嘆息をひとつもらして銀の髪を振り払う。

「まったく、相変わらず可愛げのない人たちですねえ。少しは私を見習って愛嬌のひとつ

くらい振る舞った方がいいですよ？」

「その愛嬌とやらに何度騙されたと思ってんだ？」

「ええっ？　それで騙されちゃうなんて、魔術師向いてないと思いますよ？」

癇に障る笑い声を上げるアスモデウスに、レヴィアが前に出る。

「それで、なんの用？」

「あ、おふたりに用はありませんよお？　私が用があるのはフェネクスさんの方で」

もうひとりの〈魔王〉に視線を向けると、両手を合わせ科を作って小首を傾げる。


「フェネクスさん、私と、取、り、引、き、し、ま、し、ょ？」


悪夢のような誘いに、《黄金卿》はギョロリと赤い瞳を返す。

『え、やだ。どうせひどいことするんでしょ？　この前みたいに！』

この守銭奴、フェネクスとも揉めたことがあったらしい。

――よくもこんな世界中に敵作れるな……。

だが、それで平然と生きていられるほど強いのも事実だった。ベヘモスたちが二か月も捜し回ってようやく見つけたフェネクスを、一瞬で見つけてしまえるのだから。

なのだが、アスモデウスはキョトンとして首を傾げる。

「この前って、どれの話ですか？　ちょっと心当たりが多すぎて……」

最低の言動に、しかしフェネクスは意外そうな声をもらす。

『キミ、少し丸くなったか？　まさか心当たりに覚えがあるとは』

「失礼ですね。人のことなんだと思ってるんですか？」

『グラシャラボラスと同じくらいには最低の魔術師だと思っている』

「………………」

さすがに《殺人卿》と同列視されるのは不本意だったらしい。アスモデウスは眉間を押さえて低くうなった。

フェネクスは肩を竦める。

『あいにくだが、たったいま別の依頼を受けたところだ。キミの話に乗るつもりはないよ』

「依頼って、フェネクスさんなにもしなくていいんだから、暇じゃないですか？」

『キミ、呼ばれてもないのに他人の誕生日パーティとかに行って、台無しにするタイプだろう？』

「空気読めないぼっちみたいに言うのやめてもらっていいです？」

〈魔王〉の中でも屈指の口の悪さを誇るのがこのフェネクスという魔術師である。図星を

突かれたようで、アスモデウスにしては珍しくムキになって言い返していた。

それから大きくため息をもらすと、焦れたように口を開く。

「別にそんな面倒なことは頼みませんよぉ。単に困ったときは助け合いませんかって話ですってば」

白々しく肩を竦めて笑うと、アスモデウスはスッと目を細めた。

「……フォルネウスさんが殺されたのは知ってますよね。フェネクスさんも、目を付けられてますよ」

「…………」

交渉材料もなく話を振る女ではない。マルコシアス側の魔術師からこう告げられて、無視できるはずもなかった。

フェネクスは確かめるようにベヘモスへ視線を送ってくる。

――……まあ、乗るしかないんだろうな。

相手に選択肢を与えないのがこのアスモデウスだ。ごねても時間の無駄だろう。ベヘモスもうなずき返した。

『ふむ。聞こうじゃないか。……まあ、どうせ聞いたらあとには引けないような話なんだろうけどね？』

「あはっ、さすがフェネクスさん。よくわかってますね。実は――」

こうして、ベヘモスたちはまたひとつ面倒に巻き込まれるのだった。

フェネクスがうなる。

『また面倒なことを考えてくれるな。……だが、キミはここでそんなことをバラしてしまっていいのかね？　マルコシアスは裏切り者には容赦のない男だぞ』

アスモデウスはおかしそうに笑う。

「あは、裏切りはお互いさまですからねえ。それにマルコシアスさんはいま、ザガンくんに会いに行ってますから、こっちを気にしてる余裕はないと思いますよ」

その答えに、フェネクスが気の毒そうな声をもらす。

『おやおや、自称マルコシアスも大人げないことをする。ザガンも気の毒にな』

「どういうこと？」

首を傾げるレヴィアに、ベヘモスが代わって答える。

「チンピラの流儀ってやつさ。大将が直接相手の顔を見に行くってのは〝お前を殺す準備ができた〟っていう意思表示なのさ。宣戦布告と言ってもいい。それをされると、相手の面子は丸潰れなわけだ」

「顔を合わせただけで？」

「ああ、こいつをやられると、一気に相手のペースに呑まれちまう。嫌な手ではある」

大将たる者が、ひとりでやってきた敵将に手出しをするというのは矜持が許さない。

それでいて、目の前まで来た敵に言いたいことだけ言われて帰られるというのは、耐えがたい屈辱である。部下の前ともなれば、面目丸潰れということになる。

——もっとも、チンピラの場合の話、だがな。

ザガンは悪党であっても、王だ。チンピラではない。

それを肯定するように、アスモデウスが疑問の声をもらした。

「やー、どうですかね……。ザガンくんは、なにするかちょっとわからないですから。案外、どうしようもないことになるのはマルコシアスの方かもしれないですよ？」

「「あー……」」

心当たりのあるベヘモスとレヴィアは、自然と口をつぐんだ。

『……？　どういうことだ』

なにも知らないフェネクスだけが、不思議そうに首を傾げるのだった。

◇

「「…………」」

魔王殿玉座の間。普段、ザガンが座し何人も配下が報告や相談に出入りする慌ただしいその間は、いまは凍てつくような沈黙が支配していた。

そこには、ふたりの人物が向き合っている。

ひとりはこの魔王殿の主であるザガンだ。毅然とした表情の中にも緊張が滲んでいる。

玉座から降り、相手と対等なテーブルと椅子を用意してそこに着いている。

「……ふはは」

「……えへへ」

沈黙に耐えきれず、どちらからともなく、変な笑い声がもれた。

その王と対面しているのは、マルコシアス……ではなく、ネフィだった。

本日は美しい白のローブをまとっている。師であり母でもあるオリアスから譲り受けたものである。特別なときにしか身に着けない、ネフィの〝おしゃれ着〟であることをザガンは知っている。

――ただのお茶会に、そんな気合いの入った服を着てくれるとは！

ネフィもこの時間を大切に考えてくれたのだと思うと、胸が熱くなる。

そう、本日はザガンとネフィの久しぶりの休暇だった。シアカーンとの決着から、事後

処理がようやく終わったと思ったらマルコシアスが余計なことを始めるし、接触しようとしたフォルネウスやアケロンが殺されたりと、結局事務仕事に忙殺されていたのだ。

　そのあたりの仕事がようやく片付いたので、ネフィと日にちを合わせて一日休みを取ったのだった。ラーファエルにも、誰が来ても取り次ぐなと命じてある。

　――今日はなにがあっても絶対休む！

　いまのザガンは、たとえマルコシアスが攻めてきたとしても無視を決め込む。そうと決めたのだ。

　ザガンはコホンと咳払いをして、ネフィを真っ直ぐ見る。

「その、なんだ。今日は、とても綺麗だぞ？　その服も、とても似合っている」

　ネフィはツンと尖った耳の先まで赤くして、ピコピコと震わせる。

「ひうっ、そ、そういうザガンさまも、素敵なお召し物です。……その、髪まで手入れされたのですね？」

「はうぅっ、その、なんだ？　リチャードから、少し身だしなみというものを教わったのだ」

　ザガンも整髪剤を付け、衣服以外のところも気を付けてみたのだ。まさか、ひと目でそれに気付いてくれるとは思わず、しどろもどろに答えてしまった。

「と、とても、お似合いだと思います」

「そ、そういうネフィだって、今日はふわふわした髪型で愛らしくも美しいぞ？」

「ひうぅ……っ」

たったそれだけの会話で、ふたりは互いの顔を見てられなくなって紅茶のカップを手に取るのだった。

——ぬううっ、ふたりきりになれるのが久しぶり過ぎてなにも言葉が出てこん！

話したいことや、やりたいことは山ほどあったはずなのに、それを言葉にすることができないのだ。

そうしてあぐあぐうめいていると、ネフィがおかしそうに微笑んだ。

「なんだか、こういうのも久しぶりな気がします。その、ザガンさまが色々悩んでる顔を見せてくださるの」

「ふぐうっ、俺は、ネフィとのことはいつだって真剣だぞ？」

「ひゃうっ、あの、それは概ねいつも感じています……」

「そ、そうか……」

「はい……」

そしてまた赤面してテーブルに視線を落とす。

玉座の間で顔を合わせてからもう小一時間経とうとしているのに、このふたりはずっとこんなことを繰り返しているのだった。

──せっかくの休日なのに、なにをやってるんだ俺は……！

己の不甲斐なさに失望していると、今度はネフィの方がなにかを決意したように顔を上げた。

「……っ」

「ほえ……？」

ネフィは、なにを思ったのかザガンの隣に椅子を並べ、そこに座り直したのである。

「その、いまは恥ずかしくてザガンさまのお顔を見れそうにありません。だから……」

だから、隣に移動したらしい。

──なんだそのつつましやかな愛らしさは！

思わず心臓が止まりそうになりながら、それでもザガンはそっとネフィの肩に手を載せる。それから、自分の方へと抱き寄せた。

「う、うむ。よかろう。俺もネフィが綺麗過ぎて顔を直視でき……？」

その言葉は、最後まで口にすることができなかった。

コテンと、ネフィはザガンの胸元に頭を載せる姿勢になってしまっていたのだ。

「はわわわっ」

「あわわわっ」

ネフィだけでなくザガンまでうろたえた声を上げる。

ツンと尖った耳が首元でピコピコと暴れるが、ザガンの方も動揺していて気にする余裕はなかった。ちょっと体を寄せ合うつもりが、がっつり抱き寄せることになってしまったのだ。

——くううっ、ここまで大胆なことをするつもりは……！

いやまあ、これまでも抱き合ったりもっと密着したりしたことはあったが、こういうふうに肩を寄せ合うことはなかったのだ。

ザガンは慌てて肩から手を離す。

「す、すまん。少し力を入れすぎたというか！」

「い、いえ！　そんなことは……」

ネフィも慌てて離れるが、しかしどこかもったいないような表情を浮かべる。

それから、なにか思い直したようにもう一度体を傾けた。

「えいっ……って、あれ？」

寄りかかろうとしてくれたのだろう。だがしかし、ザガンも動揺で仰け反ってしまって

いためため、ネフィは空振りして膝の上にコロンと転がってしまっていた。

「「…………」」

お互い、恥ずかしくなってしまって顔を覆う。

――いや、これはこれで、いいのかもしれん……。

未だに心臓はバクバクと鳴っているが、なんとかネフィの顔を見られるくらいには落ち着いた。

そうして、ようやく両手を下ろすと、ネフィが消え入るような声でつぶやいた。

「ザガンさま……」

「う、うむ。なんだ……？」

「わたし、がんばったんです」

「それは、伝わっているから大丈夫だぞ？」

「……いえ、そうではなくて」

顔を覆う手を口元まで下げると、ネフィは耳の先から頬まで赤くして訴える。

「〈魔王〉としての勉強も、神霊魔法の修業も、ザガンさまの隣にいても恥ずかしくない魔術師になれるよう、がんばったんです。だから……」

ちらりと、紺碧の瞳を向けてネフィはこう言った。

「よしよし、してもらっても、いいですか？」

「んんーーーーッ！」

心臓にただならぬ衝撃を受けて、ザガンは思わず仰け反った。

――ずっと甘えたかったのに我慢していたのか！

きっと、修業を終えるまでは甘えない。裏を返せば、修業が終われば甘えられるという気持ちを支えにがんばったのだろう。

それはこの、ネフィのいつにない〝攻め〟の姿勢からもうかがえる。

「や、やっぱりなんでもないです！」

言ってから我に返ってしまったのだろう。ネフィは再び顔を覆ってしまう。

だが、ザガンとて男である。こんなささやかなおねだりに、応えぬことなどできようはずもない。

意を決して、ネフィのふわりとした髪に触れてみる。

――やわらかいのに、すべすべしてて、心地良いな……。

いったい、どちらへのご褒美なのかわからなくなるが、ザガンは手の平で包み込むよう

に優しくゆっくりネフィの頭を撫でてやった。

「よくがんばったな。立派だったぞ、ネフィ」

「きゅうぅ……」

なにやら脱力するような声をもらすが、ツンと尖った耳は機嫌が良さそうに震えている。今度は間違えずに済んだようだ。

ようやく顔を覆う手を胸元まで下ろすと、愛しい少女は満たされたように目を細めて身震いしていた。

――ネフィのこんな幸せそうな顔、久しぶりに見た気がする！

今日は目一杯甘えていいとはいえ、こうも無防備に甘えてくれるという事実に、ザガンも胸の高鳴りが堪えられない。

紅潮した頬に視線が吸い寄せられる。

真っ白なのに、すぐ赤くなる頬。いや、白いからこそだろうか。やわらかそうで、きめ細かな肌。髪だけでなく、この頬にも触れてみたいと思うのは欲が深すぎるだろうか。

そうして少女の頭を撫でていると、ネフィはハッとしたように目を開く。

「す、すみません、ザガンさま。わたしばかり甘えてしまって」

「そ、そんなことはないぞ？　むしろ甘えてもらえないと寂しいというか！」

「ひうう……」

ザガンの膝から身を起こすと、ネフィは真っ直ぐ向き直る。

「次はザガンさまの番です。なにか、してほしいことはありませんか？」

「し、してほしいことだと？」

甘えてもらえないと寂しいと言った手前、ザガンからは特にないなどとは言えない。

——だが、どこまでなら許される？

ネフィと同じように、頭を撫でてもらうとかだろうか。

だが、一か月以上もろくにデートすらできていなかったのだ。もっと大胆なことを頼みたい気がする。恐らく、ネフィはたいていのことに応えてくれるだろう。

しかし、だからといって無茶な要求をするのもどうかと思う。

——ううっ、く、口づけをしたいとかは破廉恥か？

いや、すでに何度か交わしているのだ。別に駄目ではないだろうが、なんかこう、もう少し雰囲気とかあるだろうと思う。

——いや、同じ口づけでも、頬にしてもらうとかはどうだ？

労いというか、ご褒美というならこれは王道ではないだろうか。少なくとも、街にいる恋人どもがやっているのをときどき見かけたことがある。

ザガンはカッと目を見開く。

「で、ではネフィ！」

「は、はい」

「…………その、頬に、だな」

ご褒美はもらいたいが、いざ口に出そうとするとものすごくイケナイことのような気がしてきて、ザガンは口ごもった。

――ええい、それでも男かザガン！

自分を奮い立たせようとするも、しかし男がどうしたという問題でもない気がする。

「……ッ、なるほど」

懊悩していると、ネフィはなにか察したようにうなずいた。

それから、目を瞑るとザガンの隣にそっと顔を近づけた。

――えっ、まさかほっぺに口づけしてくれるのかっ？

ネフィの察してくれる力は、ときとしてザガンの想像を凌駕する。

期待を募らせるザガンは、次の瞬間、困惑に目を丸くすることになった。

ネフィは、自分の頬をザガンの頬にふにっと押しつけていた。

「「…………」」

沈黙。

――これは、なにが起きている……？

硬直するザガンに、ネフィの顔が額まで赤く染まっていく。ツンと尖った耳が動揺に震え、ザガンの耳をくすぐった。

「ああっと、なぜ頬をくっつけようと……？」

「そ、それはその、ザガンさまが頬を見ていらっしゃるように思えたので……」

普通にバレていたことに、ザガンは自分の顔が赤くなるのを自覚した。

「ち、違いましたか……？」

「……いや、なにも間違っていない」

安らぎ。きっと、これがそうなのだろう。

――ネフィのほっぺ、ちょっとだけひんやりしてて、絹みたいに滑らかで……。

なんだろう。ドキドキするのと同じくらい、安心する。

頬をこすり付けて返すと、ネフィもくすぐったそうな声をあげる。そんな少女の反応に、ザガンはどこかホッとした。

「実は、デートみたいな特別なことをしなければと、いろいろ考えたのだ。だが、ネフィが隣にいてくれれば、それで十分なのかもしれんな」

その言葉に、愛しい少女も自然と笑い返してくれた。

「……実は、わたしもです。ザガンさまを驚かせられるようなことをしようと考えたのですけど、なにも思いつかなくて」

その結果が、ほっぺたむにという行動だったらしい。

ザガンはもう一度、今度は優しくネフィの肩を抱く。

「出かけるのもいいが、もうしばらくはこうしていたいな」

「はい」

そんなときだった。

コンコンと、玉座の間の扉が叩かれた。このノックの仕方はラーファエルである。

『王よ。来客だ』

「そうか。首を刎ねろ」

ザガンは穏やかな笑顔のまま返す。

今日は誰も取り次ぐなと言ってあるのだ。ラーファエルもそれはわかっているはずだが、どういうわけか食い下がるように言う。

『……会った方がよい客ではあるが』

まあ、そうでなければザガンの命を無視してまで取り次ごうとはしないだろう。

だが、今日はネフィと休日を楽しむと決めたのだ。絶対に面倒は御免である。ザガンは突き放すようにこう答えた。

「ならば正座でもさせておけ」

その言葉に、扉の向こうで冷たい怒気が膨れ上がった。

どこの誰かは知らないが、訪ねた相手にこうもないがしろにされて笑っていろというのも無理な話だろう。

だが、不幸なことに取りなす相手はラーファエルなのだ。

『……だそうだ。正座をして待つがよい』

『貴様、ふざけているのか？』

『正座である』

『……いや、だから』

『正座である』

『……はい』

扉の向こうでなにやらごねる声が聞こえたが、それも次第に弱々しくなっていき、最後

には屈したのがわかった。

まったく、礼儀を知らぬ相手はこれだから困る。

なのだが、ネフィがハラハラしたような顔でつぶやく。

（あの、ザガンさま。少しくらいならお話を聞いてあげてもよいのではないかと……）

（むう……。ネフィは少し優しすぎるな）

相手をしたくないのは変わらないが、扉のすぐ向こうで馬鹿正直に正座をされ続けるというのもそれはそれで落ち着かない。

――仕方がない。会うだけ会って、さっさと追い返すか。

ザガンはしぶしぶ立ち上がる。

「……まったく、今日は休暇だというのに、どこの馬鹿だ？」

ようやく扉を開いてぼやくと、ラーファエルに示された来訪者が情けなく答えた。

「この馬鹿です……」

目を向けると、そこにはどこか見覚えのある顔があった。

屈辱の涙を浮かべ、馬鹿正直に正座をするのは丸メガネをかけた青年だった。

マルクあるいはマルコシアスと呼ばれていた男である。

ザガンは呆れ果てた顔で問いかける。

「……お前、なにをやっているんだ？」

「お前が正座しろと言ったんだろうっ？」

悲痛なその声に、ザガンも浮浪児時代の記憶がこみ上げてきた。

――そういえばこいつ、リーダーぶってるわりにはよくステラに振り回されてたっけ。

自分も振り回していたことなど気にも留めず、そう感想した。

宿敵と身構えてみればこれである。この様を見れば、怒る気すら失せてしまった。

ため息をもらして、ザガンは玉座の間を顎で示した。

「……まあ、なんだ。茶でも飲んでいくか？」

「俺は帰ろうかと真面目に悩んでいるところだ」

なにやらぶつぶつ文句を垂れながらも、ザガンがかつて友と呼んだ男は玉座の間へと入っていくのだった。

◇

「それで？　なんの用だ」

ネフィとくつろいでいたテーブルに椅子をもうひとつ追加し、ザガンとネフィはマルコシアスと名乗るこの男と顔を付き合わせていた。

くたびれたシャツに、歪んだ丸メガネ。裏路地で兄貴風を吹かしていた十年前のあの男なのだと、理屈抜きに感じてしまった。

ラーファエルが改めて三人分の紅茶を並べてくれる。その際にちらりと横目に青年の顔を確かめ――客観的に見ると凄絶な凝視だったが――青年はビクリと身を震わせる。

――ラーファエルはかつての教皇だとわかっているはずだが、こっちの様はなんだ？

言ってみればかつての部下というものである。ラーファエルが少し強面でわかりにくいだけの紳士であることくらい知っているだろうに……。

ザガンの視線に気付いたのか、青年はばつが悪そうに肩を竦める。

「昔から、やつには全部見透かされてるような気がして、ちょいと苦手なんだ」

まあ、何事にも動じないラーファエルの有り様というのは、見ようによってはそう見えるものかもしれない。

「ふん？　気の利く有能な男だ。物事をよく見ているという意味では否定せんが」

「後ろ暗いことをいくつも抱えていると、そういう見方にもなる」

ラーファエルが一礼をして玉座の間から退くと、青年は紅茶に口を付けてようやく肩の力を抜く。

「ここに来た用件だが、いまのうちにお前の顔を見ておきたかっただけだ」

そう言ってザガンに向けた眼差しは、十年前と変わらぬものだった。

「……でかくなったな。もう、背も俺より高くなっちまったか」

「ふん。監視していたくせによく言う」

ザガンはずっとキュアノエイデス近郊に住み着いていたのだ。つまり、マルコシアスの膝元である。それで知りませんでしたとは言うまい。

青年は心外そうにまた肩を竦める。

「見守っていたと言ってもらいたいもんだ。それに、俺が死んでからの一年でお前がどう変わったのか、俺は知らない」

マルコシアスが一年前に死んだのは、やはり事実ではあるのだ。だから、その右手に刻まれていた〈魔王の刻印〉が、いまザガンの手に刻まれている。

右手を意識して、ザガンは鼻を鳴らす。

「そう言う貴様は、なにも変わらんな」

外見の年齢としては、ザガンが知るそれより五歳ばかり上がっただろうか。二十歳ごろ

に見えるが、仕草も格好も記憶のままだ。

　青年は丸メガネの位置を指で直してうつむく。

「……そうだな。千年間、なにも変わらなかった。なにも、変われなかった」

　後悔だけのその声に気持ちを引き寄せられそうになって、ザガンは頭を振る。

「思い出話を聞いてほしくて俺とネフィの休日を台無しにしたのか、マ、マ、マルコシアス、ス？」

　突き放すと、青年――マルコシアスはにわかに口を開いて、それから自嘲するように笑う。

「そうだったな。本題に入ろうか……？」

　言いかけて、再びマルコシアスの顔に困惑が浮かんだ。

（ザ、ザガンさま。わたしは気にしていませんから……）

（……だって、今日のためにいろんなことをがんばって終わらせたのではないか）

（わたしは、ザガンさまが怒ってくれただけでも、すごく嬉しかったですよ？）

（……ネフィ）

　そう囁きながら、テーブルの下でそっと手を握ってみる。ネフィもここで手を握られるとは思わなかったのだろう。驚いたように耳の先を震わせて、それから恐る恐る握り返してくる。

顔は正面に向けたまま、横目に視線を合わせる。

（ふふ……）

（えへへ……）

敵の前でこっそり手を繋（つな）ぐというのも、なんだか緊張感があって楽しかった。

マルコシアスが怪訝（けげん）そうな声をもらす。

「……付き合いたてか？」

「失敬な。ちゃんと付き合い始めてからもうすぐ一年だ」

「一年あってその距離感（きょりかん）はおかしい」

〈魔王〉の威厳（いげん）さえ込（こ）めて反論すると、さらなる呆れが返ってきた。

忌々（いまいま）しげに睨（にら）み返して、ザガンは言う。

「そういうのなら、貴様はいままでどんな交際をしてきたんだ」

「えっ」

マルコシアスの声に動揺がにじんだ。もしかすると突かれたくない話題だったのかもしれない。

であれば当然、ザガンは畳みかける。

「偉そうに指摘するくらいなのだ。千年あって、ろくに交際もしてこなかったわけでもあるまい？」

その言葉に、部屋の外からものすごく聞き耳を立てられる気配を感じた。

――そういえば今日はゴメリのやつがいるんだった……。

ザガンは慣れているから気付けたが、マルコシアスが警戒する様子はない。まあ、そもそもとしてこの玉座の間には防音と侵入阻害の結界が張られているのだ。扉を閉めれば内と外は完全に隔離され、話し声など聞き取れるはずはない。

――なのに、なぜかゴメリには効かないんだよなあ。

あのおばあちゃん、愛で力とやらが絡むと平気で不可能を超えてくるから本当にやめてほしい。

もうひとつ付け加えると、バルバロスもここへの直接侵入こそ難しいが、聞き耳を立てるくらいの隙間は開けてくる。いまも足元の〝影〟がざわざわと蠢いているので、マルコシアスの来訪は把握しているのだろう。この悪友も規格外の魔術師ではあるので、いい加減〈魔王〉になればいいのにと思う。

そんな周囲の状況を知る由もなく、マルコシアスは露骨に視線を逸らす。

「べ、別に俺の恋愛遍歴(れんあいへんれき)なんぞお前たちには関係ないだろう？」

「ふうん……？」

部屋の外から『なんとしても聞き出すのじゃ我(わ)が王！』とか騒(さわ)いでいるような気配がしたが、まあゴメリなので放っておこう。ここで聞き出さなくとも、あのおばあちゃんが本気で知ろうとしたら隠(かく)し通すことなどできない。

それから、マルコシアスが気になって仕方ないというように、ネフィにちらちらと視線を向けていることに気付く。

ザガンはぐいっとネフィの肩を抱き寄せる。

「……一度だけ警告しておくが、ネフィは俺の嫁(よめ)だ。邪(よこしま)な目を向けたらその丸メガネごと目玉を刳(く)り抜いてやるから、そのつもりでいろ」

「はわわ？」

ネフィは耳の先を赤く染めるが、マルコシアスの方はあらぬ疑いをかけられたように絶句する。

「ち、違っ、弟分の恋人に手を出すほど外道(げどう)だと思われてるのか俺は？」

「自分がこれまでなにをしてきたのか思い出してみろ。お前は俺にパンをくれたが、それ以上に俺が拾ってきたパンを横取りしたことの方が多かったぞ？」

「ぐう……っ、そ、それは……！」

これには反論できなかったようで、マルコシアスも閉口する。

いまにして思えば、向こうは浮浪児生活をする必要もなかったのだ。あれは純粋にからかって遊んでいただけのはずだ。まあ、最終的にはステラが仲裁してくれて返してもらえたが、あの屈辱と絶望は忘れられるものか。

さすがに気の毒になったのか、そこにネフィが微笑みかけた。

「えっと、マルコシアスさまでいらっしゃいますよね？」

「あ、ああ。そうだ」

「わたしの里が襲われたとき、助けていただいたのだとお聞きしました。その節はありがとうございます。あのまま死んでいたら、わたしはザガンさまにお会いすることができませんでした」

ネフィが住んでいたエルフの隠れ里は、いまは焦土と化している。最終的にトドメを刺したのはザガンだが、住民はビフロンスという元〈魔王〉に襲撃され全滅したのだ。そこで虜囚になったネフィの身柄を、マルコシアスが奪い取ったという。

ネフィの首には、いまも無骨な首輪が嵌められている。いまはその機能を失っているが、装着者の魔力を封印するためのものだった。

これによって守られていなければ、ネフィはどこへ逃げようとビフロンスに捕縛されていただろう。

「そうだったな。それに関しては俺からも礼を言うべきだろう。感謝する」

深々と頭を下げるザガンとネフィに、マルコシアスは面食らったように丸メガネをずり落とした。

それから、メガネの位置を直しながら苦笑する。その眼差しの向こうにいるのは、やはりネフィだった。

「あなたは、やはり変わりませんね」

「……？」

それから、周囲をぐるりと見渡してから口を開く。

「ここの結界はいまも機能しているらしいな」

玉座の間の結界は、マルコシアスが城主だったときから張られているものだ。もちろん、ザガンが城主になるに際して張り直してはあるが、その機能は見ればわかるだろう。

マルコシアスは改まった調子で口を開く。

「これから話すことは、他言無用だ。それが聞けんなら、話すつもりはない」

ザガンはふむ、と一考するように腕を組む。

——あ、外でフォルが〈魔王の刻印〉を使ったな。

以前、フォルとは魔力の〝通り道〟を繋いだせいか、玉座の間にいても彼女が魔術を使うとわかるようになった。それが突然、魔力が跳ね上がったのだ。

ザガンがもっとも得意とするのは〝魔術喰らい〟でも〈天鱗〉を始めとする禁呪でもない。身体能力強化である。

それは当然、愛娘であるフォルにも惜しみなく与えてある。シアカーン戦では、屍竜オロバスの爪をも正面から砕いたという話だ。

フォルはそれをさらに身体成長という形に昇華してみせた。

——あの状態のフォルなら、この結界ごしにも聞き耳を立てられるかもなあ……。

娘の成長というものは、親として嬉しくも誇らしいものである。

ついでに扉の外のおばあちゃんに結界が無力なのは既知の事実であり、ザガンの足元ではざわざわと〝影〟が蠢いている。さらに天井のシャンデリアを意識してみれば、マルコシアスの死角に一匹のコウモリがぶら下がっていたりする。

ザガンは決心したように答えた。

「いいだろう！　俺とネフィはここでの話を誰にももらさんと約束する」

決して嘘はつかない。ザガンとネフィは他言しないのだ。

「ネフィもそれでいいな?」

「はい、ザガンさま」

密室がガバガバな事実を知る由もないマルコシアスは、納得してうなずいた。

「ザガン、お前も魔術師なら魂魄というものが流転することは知っているな」

「ああ」

未だにそれがなんなのかは解明されていないが、在ることだけは確認されている。その魂魄というものを魔術で括って移し替える手段までは確立されている。

魂魄というものは、人が死ねば輪廻だか生命の渦だかに回帰し、そこで洗浄されてまた生まれ変わるというシステムらしい。

「ネフェリアさん、あなたは恐らく、俺が知る〝ある方〟の生まれ変わりだ。その姿と力が、あまりにもその人そのものなのだ」

ネフィは小さく息を呑んで胸を押さえる。

「その方に俺は救ってもらったのに、俺はなにも返すことができなかった。その方が犠牲になるのを、ただ眺めていることしかできなかった。だから、これは俺の自分勝手な恩返

しだ。あなたが気にするようなことじゃあない」

〝ある方〟という言い回しに、ザガンは眉根を寄せた。

そう表現しなければならない相手に、ひとつだけ心当たりがある。

心当たりはある……が、ネフィがその生まれ変わりとはどういうことなのか。

――個人の魂魄がふたつにもみっつにも分かれるなんてことがあるのか……？

でなければ説明が付かないような存在ということになってしまう。

だが、ザガンの想像が正しいのだとすると、追及するとまた厄介なことになってしまう。

問いただすことはできなかった。

ネフィはスカートをキュッと握る。

「生まれ変わりという話は、わたしにはよくわかりません。でも、もしもわたしがその人なら、きっとあなたにも気にしないでくださいと、言うと思います」

「……ありがとう」

まるで千年の肩の荷をようやくひとつ下ろせたように、マルコシアスの頬をひと筋の涙が伝った。

ザガンは問いかける。

「それで、仮にネフィがその〝誰か〟の生まれ変わりなのだとして、ネフィをどうしたい

のだ？」

「……ただ、あの方の分まで幸せになってほしい。それが、俺の望みだ」

きっと、その言葉に嘘はないのだろう。

だから、ネフィの身柄を押さえていながらなにもしようとしなかった。

ザガンは釈然としないように問いかける。

「解せんな。貴様ほどの力があれば、そもそもビフロンスの襲撃自体を防げたはずだ。貴様の死因になったという戦いとて、もっと上手く立ち回れたのではないか？　なのに、そうはしなかった」

一年と半年ほど前、マルコシアスは魔族の群と戦い、その傷が元で死んだとされている。賢竜オロバスまで命を落とした戦いだ。それは筆舌に尽くしがたい戦いだったのだろう。

だが、本当にこの男は生き延びる術を持たなかったのだろうか？

ザガンにはそうは思えない。

それまでのマルコシアスの行動理念とかみ合っていないのだ。なぜかあの戦いでだけは自らの死を受け入れている。まるで生け贄の儀式かなにかのようだ。

――あるいは、新しい肉体でも必要になったか？

シアカーンとの確執を考えれば、彼がマルコシアスを蘇生して傀儡にすることは想像が

付いたはずだ。エリゴルという予言者がいる以上、それは予想などではなく精度の高い未来だったろう。

千年という時間でガタが来た肉体を交換したという可能性は考えられる。

ここまでの状況は、全てマルコシアスの手の中にあるように思えてならない。だから、ザガンは一瞬たりとも気を許すわけにはいかないのだ。

しかし、マルコシアスはその問いに自嘲する。

「……はっ、それこそ買いかぶりだ。周囲にどう思われているかは知らんが、俺はただの凡愚だ。なにも拾えず、なのにただ生き残ってしまった。ただ、それだけの男だ」

魔術師ならば、《最長老》マルコシアスの名に畏敬と恐怖の念を覚えずにはいられないだろう。それほどまでに偉大な存在だったのだ。

だが、全てを欲しいがままにしてきたはずのこの男の人生は、敗北の歴史なのだという。

――嗚呼、そうか。そういうことだったのか……。

ようやくわかったような気がした。

――だから、魔術というものは学べば誰でも得られる力なのか。

マルコシアスの千年は、そのまま魔術の歴史である。

力なき者が紡いだ力だからこそ、魔術は誰にでも使える力なのだ。

それゆえに、《最長老》という魔術師は誰もが畏れるほど残忍で、容赦のない存在でなければならなかったのだろう。

才ある者が魔術を学べば、才なき者はすぐに追い越されてしまうのだから。

しかし、とザガンは膝を組み直して睨め返す。

「わからんな」

「なにがだ？」

自己犠牲の化身のような男に、ザガンは冷酷に問いかける。

「そんな人格者の貴様が、なぜリゼット・ダンタリアンが作った世界を壊した？」

いまから八百年ほど前、魔術師と聖騎士は手を取り合って世界は平和だったという。

それを踏みにじり、いまの魔術師と聖騎士の対立構造を生み出したのは、このマルコシアスなのだ。

――そのリゼットの〈ネフェリム〉を、こいつはいまも狙っている。

それがフォルに付けたデクスィアとアリステラのどちらかなのか、それともラジエルのリゼットなのかはわからない。

いや、恐らくアリステラだろう。あの少女は一度〈アザゼル〉と同化している。存在そのものが危うch いのだ。

青年の顔から、表情が消える。

「力が必要だったからだ」

だが、その言葉に迷いはなかった。

「あの時代、ボロボロだった世界を癒すにはダンタリアンの力が必要だった。だが、やつは俺の想定を超えて有能過ぎた。調和された世界では、人間は戦いを忘れる」

「だから、殺したのか？」

マルコシアスは絶望と嫉妬がない交ぜになったような笑みを浮かべる。

「上手くいったろう？　いまや〈魔王〉どもは俺の手に負えんほど強大になり、聖剣所持者たちも千年の間で数人しか至れなかった【告解】を平然と操るようになった」

ビフロンスから始まりオリアス、アンドレアルフス、シアカーンにグラシャラボラス。直接拳を交えてはいないが、アスモデウスもそうだろう。いずれも単体で世界を滅ぼしかねない恐るべき〈魔王〉たちだった。

彼らとの戦いがあったから、聖騎士たちも強く在ろうと力を磨き、ついには聖剣の天使を解放するに至った。

確かに、それらは平和の果てには存在するはずのない力だろう。

ザガンはつまらなそうにため息をもらす。

「勘違いするな。ダンタリアンの因縁はシアカーンのものだ。俺が口を挟む筋合いはない」

あの偉大な友は自らの手で決着を付けたのだ。その結末にザガンが異を唱えるのは愚弄に等しい。

問題は、そんなことではないのだ。


「俺が気に入らんのは、貴様の終点がどこにあるのか見えないことだ」


力が必要だというなら、マルコシアスは死ぬべきではなかった。

この一年で何人もの〈魔王〉が消え、次へと引き継がれている。まあ、ほとんどザガンのせいではあるが、新しき〈魔王〉たちが真の意味で彼らの領域に達するまでにはまた膨大な時間が必要になる。

世界を滅茶苦茶にしてまで培った力とやらが、またぽろぽろ失われているのだ。

これではイタチごっこだ。何百年経ってても終わらない。

全てを操作しているように見えて、実はなにもかもが行き当たりばったりなのだ。これで信用しろと言われても、無理な話である。

マルコシアスは丸メガネの位置を直して背もたれに身を沈める。

「……なに、もうすぐだ。あと少しで、必要なものが揃う」

「それで、俺に協力しろとでも？」

「…………」

その問いに、マルコシアスは答えなかった。

代わりに、カップを指で弾いてつぶやく。

「俺の終点が見えないと言ったな。そいつを、そろそろ説明しようと思ってきた」

ただ、と天井のシャンデリアを見上げる。

「ここにいる連中だけに話しても納得しないだろう？」

ザガンは苦笑する。

――まあ、さすがに気付いているか。

この場でもっとも力があるはずのアルシエラを指摘するのは、その意思表示だろう。まあ、アルシエラが見抜かれたのは実力不足ではなく、兄妹ゆえに行動が予測できたといっ

たところだろうが。

マルコシアスは改まって告げる。

「だが、何度も説明できることじゃあないのは、お前も知っているはずだ」

「……だろうな」

その理由は、ザガンにも理解できているつもりだ。

だから、マルコシアスはこう宣言した。


「現〈魔王〉を招集する。お前にも、そこに来てほしい」


それから、悪びれた様子もなくこう続ける。

「俺がいないうちに、〈魔王〉もずいぶん顔ぶれが変わったらしい。一度、顔合わせというものがあった方がいいだろう？」

「よくも抜け抜けと言えるな……」

ザガンは呆れて言う。

「それで？　どこで顔を合わせろというのだ」

「終焉(しゅうえん)の荒野(こうや)カサルティィリオ。一年前、俺が最後に戦った場所だ」

賢竜オロバスが倒れ、数多の聖騎士が命を落とした決戦の地。そこに、〈魔王〉が集うということだった。

マルコシアスはカップを置いて席を立つ。

「じゃあな。用件はそれだけだ」

そうして玉座の間の扉を開けて――マルコシアスは絶句することになった。

「ひゃっほうっ、旅行じゃあ！　同志マニュエラにも報告せねば。楽しくなるぞえ？」

扉の向こうでは、おばあちゃんがぴょんぴょん跳びはねてはしゃいでいた。

マルコシアスは玉座の間をふり返って結界を確かめるが、もちろん結界は正常に機能している。

「え、なんで……。なんなのこの人？」

アルシエラやバルバロスのことは見抜けても、ゴメリのことまでは認識できていなかったのだろう。その声には恐怖の色さえにじんでいた。

そんなマルコシアスに追い打ちをかけるように、ゴメリの後ろからぞろぞろと城の住人たちが顔を覗かせる。フォルはすでに〝変身〟を解いたようで、元の幼女に戻っている。

「ゴメリさん、秘密の話だったみたいですし、僕たちの前でバラすのはどうかと……」

「……〈魔王〉ザガンがキミを恐れる理由を改めて痛感したよ」

「大丈夫。話したらダメなの、ザガンとネフィだけ。私たちは関係ない」

「そうですわね。本人も同意していたから問題ないのですわ」

「で、でもお嬢？　あの人、思いっきりこっち見てるわよ？」

「お嬢さまが大丈夫と言った。きっと大丈夫」

「また出張か。クロスケの都合付くかな……」

「わーい、旅行ッス！　自分たちも連れていってもらえるんスかね、アインくん？」

「セルフィ、魔術師の会合みたいだから僕たちは無理じゃないかな？」

「あれ？　じゃあ、俺も行くことになるのかな、リリス」

「アタシに聞かれても知らないけど……仕方ないわね。ついていってあげようか？」

「ど、どうしよう。フルフルさんも行かないといけないのかな？」

「推定、恐らく？　そうすることになるします？」

「貴様ら、続きは晩餐で語るがいい」

ゴメリだけでなく、キメリエス他城内のほとんどの配下に話が行き渡っていた。

「…………………えっと、じゃあ、帰るね？」

一瞬だけ実の妹に視線を向けるも、気まずそうに顔を伏せてとぼとぼと去っていく。

大将同士の顔合わせで出端をくじかれたのは、果たしてどちらだったのだろう。ザガンは気の毒そうに旧友の背中を見送るのだった。

◇

「――ようやく、ザガンの野郎が動くぞ」

とある教会の大聖堂にて、陰鬱な笑みを浮かべてひとりの男がそうつぶやいた。

バルバロスである。

その言葉を聞いて、シャスティルも笑みを……というかホッとしたように目に涙を浮かべた。

「やっとか！　まさかひと月も外に出ないとは思わなかったぞっ？」

シャスティルとバルバロスがこの街に来て、早ひと月が過ぎようとしていた。

元は教会の任務によるものだが、出立の直前にシャスティルはある魔術師から取り引きを持ちかけられたのだ。

――ネフィはともかく、ザガンには散々振り回されたからな……。

忘れもしない。バルバロスとの誕生日デート……いや、食事に行っただけだが、その一部始終を、ザガンは大陸中にばら撒いたのだ。おかげで、シャスティルの居場所は教会になくなったと言っていい。

……いや、居場所自体はあるというか、変な位置づけにされてしまったというか。

ともかく、そんな目に遭って泣き寝入りするほどシャスティルもバルバロスも人間はできていないのだ。

復讐の機会を与えられれば、それは飛びつくというものである。

バルバロスも屈辱を噛みしめるように吠える。

「泣くなポンコツ！　今度こそあいつらに仕返しするって約束したろ？」

「や、約束……うん、そう、だな。約束、したんだよな」

なぜだろう。いままで約束など何度も交わしてきたはずなのに、彼との約束となると特別な意味があるような気持ちになってしまう。

シャスティルに釣られたのか、バルバロスまでにわかに顔を赤くする。

「そ、そこで恥ずかしがんのやめろよ！　こっちまで……なんだ、恥ずかしくなるじゃねえか」

「……外でやれ。さもなくば疾く死ね」

恐らくこのひと月の間、こんな光景を毎日見せつけられてきたのだろう。

心底うんざりしたような口調で言うのは、ハルトネンだった。聖剣〈ウリエル〉の所持者。序列八位である聖騎士長だ。長い黒髪で顔が半分隠れてしまっているが、正装をすればそれなりに整った顔立ちをしているという。

とうとう三十も半ばに足を突っ込んでしまったと嘆いているが、現聖騎士長の中ではカルティアイネンに次いで古株だ。

ひたすら寡黙で、シャスティルもあまり口を利いたことがない相手だが、この街は彼の管轄なのだ。

「す、すまないハルトネン卿。こんな長居するつもりはなかったのだが……」

いやもう、本当に長かった。

――もしものときは〝彼女〟がそう仕向けてくれる手はずではあったが……。

シャスティルに取り引きを持ちかけた魔術師である。彼女の恐ろしさは、シャスティルとバルバロスも肌で味わっている。彼女が来るというのなら、それはすでに確定された未来なのだ。

ただ、結果は決まっていても、それがいつになるかは明確ではなかったのだ。

ハルトネンは、共生派の聖騎士ではない。それが魔術師連れというか〝ああいう噂〟を

嘯かれているシャスティルに居座られるというのは、心穏やかな話ではあるまい。

それでも任務自体には彼も協力しなければならないため、シャスティルたちと関わらないでいるわけにもいかなかったのだ。

ハルトネンは鬱陶しそうにため息をつくも、首を横に振った。

「〈魔王〉ザガンに一泡吹かせられるというならば、多少は我慢もしよう」

彼も先の〈魔王〉ザガンによるラジエル宝物庫襲撃では割を食った側の人間だ。この一点に関してはシャスティルたちと同意見だった。

まあ、その〝多少〟でひと月も我慢してくれるのだから、彼も気の長い男ではあった。

シャスティルは聖剣を地に突き立て、カッと目を見開く。


「さあ来い、ザガン！　いつまでも私たちがいじられる側と思うなよ！」


「おうよ。あいつの行動パターンは全て見切ってるからな！　ひひゃひゃひゃっ」

意気込むふたりと眺めて、ハルトネンが虚しそうに窓の向こうを見上げる。

「……やはり駄目そうな気がしてきた」

なにもかも嫌になったように、虚空にそうささやくのだった。

「――あああああああああああああああああああああああああっ！」

魔王殿談話室に、慟哭が響いていた。

「なぜじゃ、王よ！　なぜ妾も連れていってくれなんだあ！」

「そういうところですよ、ゴメリさん」

玉座の間でじたばたと暴れるゴメリに、キメリエスがまた仕方なさそうな声を返す。

ザガンたちは〈魔王〉の会合へ向かった。彼の王が〈魔王〉となってから、初めての招集である。

この城からはザガンを筆頭にネフィとフォル、それからシャックスの四人。さらにフルカスとフルフルという庇護下の〈魔王〉ふたりも合わせた六人が向かうこととなった。

とはいえ、あのザガンのやることである。それぞれのパートナーも同行している。

フォルにはデクスィアとアリステラの双子、シャックスには黒花、フルカスに至ってはリリスだけでなくセルフィやアインという友人関係の三人。最後にフルフルにはミーカが

同行するという大所帯である。

　計十三人である。

　さすがにこれ以上は連れていけないと、ゴメリは留守番を申しつけられたのだった。師であるオリアスの監視付きで、これを振り切るのは難しかったようだ。

　ちなみに、ウェパルは付き合っていられないと自分の研究室にこもっている。魔王殿にはラーファエルも残ったため、彼の研究には支障がないのだ。

　そこで、キメリエスは談話室に残ったもうひとりに視線を向ける。

「僕としては、あなたがここに残ったことが意外です。アルシエラさん」

　他人のふりをするように談話室の隅で紅茶を傾けているのは、吸血鬼の少女だった。

　アルシエラは仕方なさそうに苦笑する。

「あたくしが付いていったら、あの子たちはきっと気を遣ってしまうのですわ。……口ではなんだかんだと言うのでしょうけれど」

　誰がいようと公然と引っ付いているのがあの王だが、決して他人をないがしろにしているわけではないのだ。特に身内に対しては。

「王はそのようなことは気にされません。アルシエラさんがいれば、あなたと楽しめように切り替えられるでしょう」

「クスクス、かもしれませんけれど、いつまでもあの子に甘えているわけにはいかないのですわ」

キメリエスはそんな少女を肯定するように微笑み返した。

たった一度ではあるが、己の背に乗せ共に戦った相手である。少女の不器用な優しさは理解しているつもりだ。

それから、アルシエラはスッと目を細める。

「それに、悪巧みをするなら、いまはちょうどいいのですわ」

ザガンが招集に応じた以上、マルコシアスの注意もそちらに向いている。アルシエラが影で動くには都合がいいのだ。

「ご武運を」

「不死者にはもったいない言葉なのですわ」

そんなことを話しているうちに、ゴメリも立ち直ってきたようだ。ぽろぽろと涙までこぼしているが、決して屈しないというように顔を上げた。

「おのれ、だがまだじゃ！　妾の同志がマニュエラやレイチェル嬢たちだけと思うてか」

立ち上がって、明後日の方向を指差す。

「妾は絶対に諦めんぞえ。妾を遠ざけようとも、全ての愛で力は妾の元に帰結するのじゃ

ふはははははは っ」

もう、どっちが〈魔王〉だかわからない笑い声を上げるゴメリに、キメリエスもさすがに一抹の不安を覚えた。

——こういうときのゴメリさんは、本当になにするかわからないですからねえ。

手段を選ばないというべきか。

守るべき配下を連れてザガンが敵対者に後れを取ることはあり得ないが、ゴメリに手綱を付けることは彼の王でも不可能なのだ。

親愛なる王の行く末に、憂慮の念を送るのだった。

◇

「ふむ、この街はオフェロスと言ったか。悪くない景観だな」

マルコシアスが指定した招集の場は、終焉の荒野カサルティリオ。大陸南西に広がる広大な荒野である。

半ば砂漠と化している部分もあり、水源もなければ作物も育たず、人間は疎か動物すらろくに住まぬ不毛の地である。

キュアノエイデスからは、馬車でも半月はかかろうという遠方の地である。

バルバロスあたりならともかく、ザガンはあんななにもない場所に空間転移する術はない。それゆえ、のんびり旅行という形を取ったのだった。

ここは大陸最大の湖スフラギタの南端（なんたん）——湖島（ことう）の街オフェロス。島ごと巨大（きょだい）な城になっているという、変わった場所だ。湖島と言っても本来は半島らしく、乾期（かんき）などで水位が下がれば陸と繋（つな）がることがあるという。

正確には、これは教会らしい。

かつて〈魔王〉ダンタリアンが殺された事件で、教会は数少ない戦力でこの島を要塞化（ようさいか）し、魔術師に徹底抗戦（てっていこうせん）したという。その後、要塞なのか教会なのかわからなくなったこの島は住民によって建物が増設され続け、島ごと城となってしまったという。

教会にとっては重要な場所ではあるが、魔術師にとっては特に価値のない場所である。

魔術師にとって価値はないが、大陸有数の観光名所でもある。

つまり、観光（デート）には最適の場所なのだ。

ザガンは配下たちをふり返る。

「ここからは馬車を貸し切って移動する」

キュアノエイデスからは船での移動だったが、ここで馬車に乗り継ぐことになる。

「今回は長旅になる。ここで一泊するゆえ、明日の出立まで自由行動とする！　各員、遅刻しないことを念頭に自由に過ごせ！」

その宣言に、両手を挙げてピョンと跳びはねるのはセルフィだった。

「わーい！　自由行動ッス！　リリスちゃん、どこ見て回るッスか？」

「ふふん。まずは尖塔に決まってるでしょ？　夕方になると混むんだから、最初に行くわよ」

「リリスはすごいな！　初めての場所なのにちゃんと調べてあるなんて」

「じゃあ、ザガン。こっちは僕が見ておくから、キミもゆっくり過ごしてね」

一般人組というか、フルカスとリリス、セルフィ、アインの四人がまずは楽しげに去っていく。

それから、シャックスと黒花が囁き合う。

「この島、丸ごと教会なんだよな。クロスケは来たことあるのか？」

「はい。暗部の隠し通路とかもありますよ。見てみますか？」

「お、おう。……それじゃあボス、俺たちも観光してくるよ」

がっしりと黒花に腕を組まれて去っていくシャックスに、ザガンは片手を上げて応じる。

続いて、フルフルとミーカだ。

「ここは宿、お城？　どういう場所です？」

「えっと、昔の要塞みたいなところだよ。フルフルさん、どこか見てみたいところとかある？」

「じゃあ、黒花さんおっしゃるした、暗部の隠し通路見てみたいです？」

「えっ、えっと、見せてもらえるかなあ……」

頼りない背中で、ミーカとフルフルも思う場所へと足を向けていく。

最後に、フォルがザガンを見上げて言う。

「ザガン、私も遊びに行ってくる」

「うむ。迷子にならぬよう、気を付けるのだぞ？」

「うん。行こう、デクスィア、アリステラ」

「あ、ちょっとお嬢、走ったら危ないわよ？」

「失礼します。〈魔王〉さま」

フォルがパタパタと駆けていき、それをデクスィアが慌てて追いかける。アリステラもぺこりと一礼してから、それに続くのだった。

あとにはザガンとネフィだけが残される。

図らずも、〈魔王〉ごとに別れる形になっていた。まあ、それぞれの相方を連れてきたのだから、当然と言えば当然かもしれない。

ザガンは怖ず怖ずとネフィの手を握る。

「ネ、ネフィよ。どこか見たいところはあるか？」

言ってから、うめく。

——ううっ、せっかくの旅行デートなのに下調べが不十分だ！

ネフィが楽しめる場所にエスコートしたいのに、船や宿、馬車の調達に忙しくてそちらまで気が回らなかった。

ネフィも慌てた様子で、宙から一枚の紙片を出現させる。亜空間にものを仕舞う収納魔術のひとつだが、なかなか高位のものである。これを呪文も使わずにできるようになったあたりに、魔術師としての成長が感じられた。

そんな高度な魔術で取り出したのは、このオフェロスの案内図だった。

「は、はい！　ええっと……ど、どこから見て回りましょうか？」

オフェロスは広大だが、観光名所ということもあって案内が充実している。頼むまでもなくゴメリが人数分用意してくれたので——置いていくと告げたら血の涙まで流していた

が――ザガンもネフィの手元の案内を覗いてみる。

「む、薔薇園というものがあるようだな」

魔術の触媒としてはあまり利用されないが、見てくれが綺麗なためキュアノエイデスでも見かけることが多い。

どうやらここの売りのひとつのようで、かなり大きく紹介されている。位置的にも船着き場――ザガンたちのいる地点からすぐ行ける距離だ。

「薔薇……。そういえば、ちゃんと見たことはないかもしれません」

「なに、そうなのか？」

意外と言えば意外なひと言に、ザガンは目を丸くした。

「はい。キュアノエイデスのお花屋さんに並んでいるのは見たことがあるのですが、買う予定もないのにじろじろ見るのは失礼かと思って……。隠れ里は薔薇が育つ季候ではなかったようで見かけませんでしたし」

加えて魔王殿は地下にあって花など咲かないし、前の城は花壇はあったが魔術の触媒を栽培していた。フォルなどはマンドレイクなどまで植えていたくらいだ。

――そういえば、ネフィはあまり花瓶に花を生けたりはしないな……？

ラーファエルが来てからは要所に花が飾られるようにはなったが、ネフィがそれをやっ

ているところは見たことがない。

魔法という力は自然から力を得るものだ。自然そのものの声が聞こえる彼女にとって、花を摘むというのは楽しいことではないのかもしれない。

そんなザガンの表情からなにを考えているのか察したのだろう。ネフィは慌てたように片手を振る。

「別にお花を摘むのに抵抗があるわけではないのです。小さいころは花遊びをしたりしましたし、地下室に生えてきた名前も知らないお花とおしゃべりしたりしていました。ただ、花瓶に生けて飾るような習慣がなかったものですから……」

そういえば以前、ネフィが小さくなってしまったときは、確かに花遊びをしていた。

その言葉に、ザガンは感心した声を上げる。

「ほう。ネフィが自然の声を聞けるというのはわかっているつもりだったが、花なんかと会話ができるほど明確に聞けるとは思わなかった」

そう感想すると、ネフィはにわかに顔を赤くした。

「……いえ、その、おしゃべりというよりは……わたしが、一方的に話してただけで。他に、口を利いてくれる人もいなかったというか」

「ああ、そういう意味か」

ようやく意味がわかった。

――花相手に話してるネフィも見てみたかった……。

恐らく卒倒ものの可愛らしさだったろうに。

惜しみながらも納得していると、ネフィは不思議そうに首を傾げた。

「お笑いにならないのですか？」

「俺がどうしてネフィを笑える？　長い間ひとりでいると頭がおかしくなりそうになるからな。俺もひとりのときに城で意味もなく大声を出してみたり、床に転がっている割れた髑髏に話しかけたりしたことがある」

それをバルバロスに見られて絶句されたことまであるのだ。それでネフィを笑うなどあり得ないと断言できる。

とはいえ、とザガンは頭を抱える。

――なんてことだ。ネフィと恋人になれたのに、花も贈ったことがなかった。

ザガンの究極の目的はネフィと〝普通〟の幸せな生活を送ることである。

女性への贈り物に花が好まれるという事実は、最近になってリチャードから教えてもらった。なのに、結婚指輪に気を取られて花を贈るという発想に至らなかったのだ。

悔恨の念に苛まれるザガンに、ネフィが首を傾げる。

「ザガンさまは薔薇をご覧になられたことがあるのですか？」

「腹が減ったときに食ったことがあるくらいだがな」

近くを通りかかった観光客が耳を疑うように二度見してきたが、ネフィは共感するようにポンと手を叩いた。

「わかります。お花って、いいにおいがするから口に入れてしまいますよね。わたしもご飯をもらえなかったときにタンポポなどをかじったことがあります」

「ああ、タンポポか。あれ、美味そうなのに、苦いんだよな」

「はい。でも食べられないほどではないのでつい……。他には百合の蜜なんかを舐めるのが好きでした」

ネフィが百合の花びらに舌を一生懸命のばす光景を想像してしまい、ザガンは落ち着きをなくした。

――え、なにそれ見てみたい。

〈封書〉――人の記憶を映像として投影する魔術である――に起こして宝物庫の一番目立つ場所に飾りたい衝動に駆られるが、ザガンはまずはネフィの言葉に耳を傾けることにする。

「蜜？」

「花が開ききる前に雄しべを千切っておくと、飲めるくらい蜜があふれてくるんです。里の花壇に生えていたので、夏になるとこっそり摘みに行ってました」

「なるほど、花というものは丸ごと口に入れることしか考えなかった。ネフィは工夫していたのだな」

それはおかしいと、また別の通行人が絶句しながら通り過ぎていったが、ふたりは気にしなかった。

懐かしさを込めて、ザガンはネフィの手を引く。

「では、薔薇園から覗いてみるとするか」

「はい。楽しみです」

「美味いといいな」

歩きながらしみじみとつぶやくザガンに、ネフィも困惑を顔に浮かべる。

「……食べちゃダメですよ？」

「冗談だ」

わかりにくい冗談にネフィはキョトンとするが、そのあと小さく笑ってくれた。

そうして歩いていくと、すぐに薔薇園が見えてきた。

そんな薔薇園に、不愉快な影が差し込む。

「いよう。ずいぶんご機嫌じゃねえか、ザガン」

行く手を遮るように、通路の壁に見慣れた陰鬱な魔術師が寄りかかっていた。

「てめえとはいろいろあったが、そろそろ決着を付け……――うおあぁっ？」

ザガンは躊躇なく拳を振るっていた。

大振りの一撃で、壁に人ひとりが立って通れるような大穴が穿たれ、城そのものが小さく震える。だが、それでもバルバロスの頭はまだ肩の上に載っていた。

地面に身を投げ出すように飛び退いたのだ。

――む、躱しただと？　こいつまた腕を上げているな……。

殴るからにはザガンも殺すために拳を握っている。以前のバルバロスなら辛うじて生き延びられる程度だったというのに、いまはかすり傷だけで避けたのだ。驚嘆すべき成長と言えるだろう。

「なんでいきなり殴るのっ？」

「お前を殴るのに理由が必要なのか？」

「お前は知らねえかもしれねえが、理由もなく人を殴ることは野蛮なことなんだぜ？」

涙ぐむバルバロスに首を傾げていると、悪友は服を払いながら立ち上がる。

「……ったく、用があるから呼びにきたんだよ。そっちの女にも関係のあることだ」

「なんだと？」

バルバロスとてマルコシアスとの密談（？）は盗み聞きしていたのだ。そこでネフィにも関係のあることと言われると、無視するわけにはいかない。

バルバロスはマントを翻して薄暗い回廊を示す。その背中には薔薇園が広がっているのだから不似合いなことこの上なかった。

ザガンはネフィと顔を見合わせる。

「どうする？」

ザガンの心境としてはバルバロスなど黙殺して薔薇園を楽しみたいところだが、ネフィに関わりのあることを簡単に無視するわけにはいかない。

――エリゴルの予言とやらも気になるしな。

その手がかりになりうることを見逃すわけにはいかないのだ。

だがまあ、それはそれとしていまはデート中なのだ。

というわけでネフィの気持ちを聞いてみると、彼女は存外に真面目な表情を返した。

「バルバロスさまは、理由もなくそんなことをおっしゃる方ではありません。行ってみま

せんか？」

ネフィの中のバルバロスが良識人過ぎる気はしたが、わざわざ人の悪口を聞かされても気分はよくないだろう。ザガンは仕方なくうなずいた。

「いいだろう。案内しろ、バルバロス」

「へいへい」

ちなみに、壊した壁はきちんと魔術で直しておいた。

◇

「うおーっ！　高い！　すげえ！　あ、見てくれリリス、あっちに見えるのキュアノエイデスじゃないのか？」

「ここから見えるわけないでしょ？　あれはスフラギタの港よ」

「そうなのか！　リリスは物知りだな」

教会の尖塔に上ったフルカスは、上機嫌にはしゃいでいた。

そんな少年に、リリスは気が気でないように服の裾を掴む。

「ほら、そんなに身を乗り出したら危ないわよ？」

　ここはオフェロス教会中央の尖塔で、この島でもっとも高い場所でもある。リリスのすぐ後ろには大きな鐘が吊り下げられており、足場は本当に人ひとりがなんとか歩ける程度の幅しかない。

　本来、一般人の立ち入りが禁じられている場所で、普通の観光客はもっと下の方までしか入れない。

　だが、ザガンは教会の中にも協力者が多い。今回に関しては、ネフテロス経由――シャスティルは遠征中で対応できなかったらしい――でこじ開けてもらったらしい。

　今回の旅は〈魔王〉の招集に応じるためのはずだが、道中の観光地でも手回しをしてあるあたり、我らが王はこの旅行を真剣に楽しむつもりなのがうかがえる。

「やっほー！　……おお！　すごいッス。声が返ってくるッス！」

「ここ、山彦が起きるような地形なのか。セルフィ、落ちないようにね？」

　ちなみに、釣り鐘を挟んでリリスの後ろでは人魚の幼馴染みが身を乗り出してはしゃいでいる。こちらにも紐でも付けておきたいところだが、代わりにアインが手を繋いでいた。

　梯子を登るとフルカスとセルフィが別々の方向に行ってしまったため、こういう別れ方をすることになってしまったのだ。

　――あのふたり、ちょっと引っ付きすぎじゃないかしら……？

そんな幼馴染みを見ていると、どういうわけかもやもやした気持ちがこみ上げてくる。だが、同時にセルフィが落ちそうになっても、アインならなんとかしてくれるだろうという安心感はあった。

そんな声が聞こえたのか、フルカスが背後をふり返る。

「山彦？　ここ、山彦とかあるのか。俺もやってみたい」

「こら、順番でしょ？　セルフィたちが終わるまで待ちなさい。全員で立てるような場所じゃないんだから」

「なるほど、やっぱりリリスはよく周りを見ててすごいな」

「……もう」

いつも通りに脳天気な笑顔を向けられ、リリスも怒るに怒れなくなった。

手すりに肘を載せて、湖を眺める。風が強くて、紅の髪を手で押さえなければいけなかった。

水平線が見えるような広大な湖。潮の満ち引きこそないものの、静かなさざ波を眺めていると、故郷のリュカオーンを思い出さずにはいられない。

夢魔の姫たる自分が、こんなところでなにをやっているのだろう。ときおり、我に返ってそんなことを考えるときがある。ちょうど、いまみたいなときである。

――王さまも執事殿も優しくしてくれるし、居心地が悪いわけじゃないんだけど。

だが、リリスはヒュプノエルの第一王女なのだ。

いずれ王位を継承し、リュカオーンを守っていかなければならない人間だ。

――それが、こんなところで遊んでていいのかな……。

でも、きっとザガンと関わらなければ、リリスの人生でこんな機会を得られることはなかっただろう。

セルフィも黒花もいなくなって、それでも王家の人間としての責務を果たそうと自分にも他人にも厳しくあろうとした。

自分が十五の小娘である事実は言い訳にはならない。

王家の人間であるなら、責務を果たさねばならないのだ。

――だから、こんな普通の子みたいな時間、アタシには無縁だと思ってた……。

でも、ザガンの下ではみんな自分を普通の人間として扱ってくれた。王にいたっては一般人代表とまで呼んでくる始末だ。……リリスはヒュプノエルの次期女王なのだが。

ただ、それでもと思う。

――きっと、この時間は、嫌じゃないんだわ……。

これからの自分の人生で、かけがえのない大切な記憶になる予感がある。

そんなとりとめもない問題に頭を悩ませて、ふと隣を見るとフルカスがじっとリリスの横顔を見つめてきていた。

「な、なによ？」

「いや、やっぱりリリスは綺麗だなと思って」

屈託のない笑みを浮かべて、フルカスは言う。

「俺、やっぱりリリスのことが好きだよ。リリスがどう思ってても、俺の気持ちは変わらない」

「……ッ、ま、またアンタは臆面もなくそんな恥ずかしいこと言って」

自分の顔が熱くなるのを自覚する。

彼が真剣に好意を向けてくれているのはわかっている。出会ったばかりだと言うには、そろそろ時間が経ちすぎていることも。

そんなことはわかっているつもりだが、それでもこう思ってしまう。

――記憶が戻っても、アンタはそう言ってくれるの……？

彼が本当に愛していたのは、アルシエラだったはずなのだ。

もちろん、自分のことを代用品と見ているると思っているわけではない。ちゃんとリリスを見てくれていることくらい、わかっているのだ。

だが、彼は〈魔王〉なのだ。王と同じく、恐るべき魔術師なのだ。

――あのリリーって子も、すぐに記憶が戻ったみたいだし……。

一度だけすれ違った、記憶喪失の魔術師の少女。彼女は記憶が戻るとすぐに姿を消してしまった。

フォルと、あんなに仲が良さそうにしていたのに。

だから、リリスは怖いのだ。

フルカスの好意を受け入れてしまったら、彼がいなくなることが怖くなってしまう。

いや、すでに怖くなっているから、彼の言葉に答えることができないのだ。

なんて卑怯なのだろう。結局、逃げているのは自分の方ではないか。

そんな自分を誤魔化すように、リリスは頭を振る。

「フルカス、いまはそんなこと言ってる場合じゃないでしょ。わかってるの？　アンタはこれから〈魔王〉として、王さまみたいな連中と向き合わなきゃいけないのよ？」

「はは、わかってるって」

なんの悩みもなさそうに、リリスの手を握ってくる。

「アンタねえ――」

――こっちは心配してるのに。

そう言いかけて、できなかった。

リリスの手を握るフルカスの手は、小さく震えていた。

「わかってる。俺にはザガンのアニキやシャックスのアニキみたいな力はない。本当は今回の招集だって、俺からこの〈魔王の刻印〉ってやつを取り上げるための集まりなんじゃないかって思ってる」

「……ッ」

わかってないのは、リリスの方だった。

――記憶もなにもないのに、怖くないはず、ないわよね……。

リリスは、震えるフルカスの手をそっと握り返す。

「……バカね。だったら逃げればいいいじゃない。誰もアンタを責めたりしないわ」

その言葉に、フルカスは首を横に振る。

「逃げないよ。だって、リリスが俺の立場だったら、逃げるかい？」

「それは……」

「俺はリリスやザガンのアニキに、胸を張って隣にいられる人間でありたい。だから、逃げないよ」

リリスは息を呑んだ。

――だから、行くわね。アンタが帰ってきたとき、アタシも胸を張ってアンタの幼馴染みだって答えたいから――

いつだったか、リリスも同じ言葉を幼馴染みに向かって答えたのだから。

だから、その気持ちが痛いほどよくわかる。

「……ねえ、フルカス」

「なんだい？」

「もしも記憶が戻ったら……もしも記憶が戻っても、アンタはいまのままでいられるの？」

縋るような言葉に、フルカスは珍しく困ったような顔をした。

「そんなのわかんないよ」

「そう……よね」

うつむくリリスに、フルカスはいつも通りの笑顔を返す。

「でも、リリスが好きだっていう、この気持ちだけは変わらないと思うぜ？」

「……バカね」

よくもなんの根拠もなくそんなことが言えるものだ。

でも、そんな根拠もないひと言で、呆れるくらいホッとしてしまった。

――そうか。アタシにはフルカスを信じる勇気がないんだ……。

きっと、シャスティルはその勇気を持ったのだ。

誰よりも自分のことをわかってくれたあの気高き聖騎士は、自分の恋愛から逃げなかった。真っ直ぐ立ち向かっていった。

それがいま大陸を騒がすスキャンダルになっているのは胸が痛む思いだが、リリスは彼女を尊敬する。

リリスも、シャスティルのような勇気がほしい。

そう決意して顔を上げて……ふと、視線を感じた。

「はえっ、セルフィ？」

いつの間にか、セルフィがすぐ隣まで来てじっと見つめてきていた。

「……」

「ど、どうしたの？」

なにも言わない幼馴染みに戸惑っていると、アインが仕方なさそうに言う。

「なんだか深刻な話をしているみたいだから、声をかけるのを待ってたんだよ」

あのセルフィが空気を読んだという事実に、リリスも衝撃を受けた。

それから、ギュッとリリスの腕を引き寄せて唇を尖らせる。

「自分だって、フルカスくんが大変だから付き添いにきたってことくらい、わかってるッ

スよ」

だからもう十分譲ったと言わんばかりに、リリスをがっしり抱き締めるのだった。

◇

――どうしよう。ここがどこかわからない。

フルフルといっしょに島を回るミーカは、早くも青ざめていた。

というのも、この島は要塞として建てられた城を教会に改修し、それをさらに街として増築していくという建築のされ方をしてきたのだ。

通路は迷路のように入り組んでおり、道を歩いていたら突然城壁だったのだろう壁に遮られたりするのだ。

というわけで、案内という名の地図はあるものの、ミーカはすっかり道に迷っていた。

そんなミーカに、フルフルはキイッと音を立てて小首を傾げる。

「我々は迷う？　迷子、するしましたか？」

まあ、いっしょに歩いているのだ。迷子なのは隠しようもなかった。

「ご、ごめん、フルフルさん！　道がわからなくなっちゃって……」

「大丈夫。私も道、わかるしません」

元気づけるように拳を握って答えるフルフルに、ミーカは膝を突きそうになった。

――余計にダメなやつだよそれ……。

とはいえ、先導していたのはミーカだ。責任は自分にある。

「ええっと、そうだ！　こういうときは、元の場所に戻った方がいい。船着き場に戻ってみないかい？」

「はい。了解するしました」

フルフルは素直にそう応じてくれた。

――フルフルさん、だいぶ言葉が滑らかになったな……。

〈魔王〉ザガンに庇護されるようになってから一か月。ミーカは剣の修業と厨房の皮むきに奔走され、フルフルは魔術師としてひたすら知識を詰め込まれる毎日だった。

なかなかふたりで話せる機会もなかったのだが、その一か月の成長を感じられた。

ひとまず来た道を引き返しながら、ミーカは隣のフルフルの横顔を見つめる。

――俺、一度死んだんだよな……。

ミーカに、そういった自覚はない。途中で気を失ったように意識が途絶え、目が覚めたら死んでいたと言われたのだ。恐らく、死んだことも自覚できないほど一瞬で殺されたのだろう。あとになって怖くなることはあったが、死の恐怖のようなものはなかった。

ただ、死んだはずのミーカが生きている代わりに、犠牲になった人がいる。

フルフルのご主人さまだったフォルネウスである。

——フルフルさんは、どう思ってるのかな……。

言ってみれば、ミーカはフォルネウスを犠牲にした仇である。

でも……。

——ご主人さまは、自分の命よりミーカさんの命を選ぶする、しました。ご主人さまと同じだけ大切で、必要です——

あの〈魔王〉ザガンを前に、フルフルはそう言ってくれたのだ。

そんな彼女を信じないのは、彼女に対する侮辱だと思う。

だから、恨まれているとは思っていない。

だが、このひと月というもの、ミーカはそんなフルフルになにか応えることができただ

ろうか。

それが不甲斐なくて、情けなくて、不安になってしまう。

ミーカは、意を決して口を開いた。

「フ、フルフルさん！」

「はい。なんでしょう？」

「……その、最近、どうだった？」

女の子と話す上で、この切り出し方はどうなのだろう。

懊悩するミーカに、フルフルはなんでもなさそうにうなずく。

「みなさん、大変よくしてくれるされました。勉強も、わかりやすく教えるしてもらいました」

魔術というものは、知識の蓄積が全てらしい。そんなわけで、フルフルは毎日何十冊もの魔道書を読まされていたという。

それから、肘まである手袋に覆われた腕を擦る。

「他に、アインさんが言うには、人間が必要な予備動作、まったく必要ないだそうです」

「予備動作……？」

「はい。剣を振るのに、振りかぶる必要ないです。居合いのようなもの、黒花さんも言っ

てました。そうした動きの練習、大変、がんばるしました」

人が剣を振るのに振りかぶるのは、平たく言うと勢いを付けるためだ。剣は勢いがなければものを斬れない。速さが鋭さを生むのだ。

——黒花さんには、そういうのナシで斬ってみせられたけど……。

達人になると、引くという所作だけで最大の速さに達するものらしい。

刃の上に硬貨を載せ——この時点で結構な曲芸ではあるが——それを引くだけで両断してみせたのだ。

——暗部でも一発芸で人気があったんですよ——

笑顔でそう言うのが恐ろしかったが。

それを思い返して、問い返す。

「えっと、最初からトップスピードで剣を振れるってこと……かな?」

「はい。〈雷電〉での加速。人体の構造に囚われる必要ないだそうです」

予備動作なしで最高速度の剣が放たれるということだ。

お互い剣を振るう身であり、訓練を積んではきたが、ミーカではフルフルには敵わないだろうと思った。

——いや、そんなことじゃダメだ!

ミーカはフォルネウスの代わりに生かされたのだ。フルフルを守れるくらい強くなれなくてどうする。

懊悩する間も、フルフルは言葉を続けていた。

「それから、フォルさんとおしゃべりできるようになるしました」

「フォルさんって、お姫さまの？」

この呼び方が正しいのかはわからないが、ザガンの娘である。

「はい。フォルさん、竜？　存在が強すぎて、終わりを覚悟するしました」

「ど、どういうことっ？」

なにやら物騒な言葉が聞こえて、ミーカは耳を疑った。

「竜と対面、生きた心地がするしない？　壊されたら直らない、覚悟するしました」

ミーカの目にはただの子供にしか見えなかったが、フルフルからすると死を覚悟するほど強大な存在だったらしい。

――まあ、竜で〈魔王〉だもんな……。

フルフルは胸の前で両手をポンと重ね、どこか誇らしげに続ける。

「でも、がんばるして話すしたら、フォルさんも、少しずつ答えてくれるしました。がんばるしました」

いつになくたくさんおしゃべりをしてくれるフルフルに、ミーカも心が軽くなるのを感じた。

「フルフルさんはすごいね」

「はい。すごいしました」

ミーカは思わず苦笑(くしょう)した。

「フルフルさん、今日はたくさん話してくれるんだね」

「はい。ずっとミーカさんとおしゃべりするしたかったです」

その言葉に、思わず自分の顔が赤くなるのを感じた。

――あうぅ……。真っ直ぐになんてこと言うの？

どこまでも純粋(じゅんすい)な眼差(まなざ)しに、胸がドキドキと震えるのがわかる。

自分は、この娘を好きになってしまっていいのだろうか。

戸惑いを誤魔化すように、ミーカはつぶやく。

「でも、ちょっと意外かな。フルフルさんにも怖いものとかあるんだね」

「怖い……？」

不用意なひと言に、フルフルが足を止めた。

「フルフルさん？」

「怖い、恐怖、知ってるます」

胸を押さえて、フルフルはつぶやく。

「ミーカさんが死ぬしたとき、ご主人さまがいなくなるしたとき、同じ気持ち知りました」

「あ……」

主を失って、たったのひと月しか経っていないのだ。

割り切れているはずもなかった。

ただ、忙しすぎて考えている暇がなかっただけなのだ。

フルフルはミーカに向き直る。

「ミーカさん、ご主人さまは、なぜ笑うしたのでしょうか……」

——私は知りたい。ご主人さまはなぜ、あのとき笑っていなくなったのか——

〈魔王〉ザガンから選択を迫られたとき、フルフルはそれを行動理念に答えた。

その答えは、きっとまだ見つかっていないのだ。

「人間が笑うするのは、喜び、歓喜、楽しい、幸せ、そんな感情するからと聞きました」

ミーカはまだ、フルフルのそんな表情を見たことがない。

「ご主人さまは、いなくなる、わからなかったじゃないです。なのに、どうして笑うしたのでしょうか」

そのとき死んでいたミーカに、答えなどわかるはずはない。

だが、ミーカが答えなければいけない話だ。

地面を見つめて、ミーカはぽつりと口を開く。

「そのとき、どんなふうに笑ったのか、俺は知らない。でも……」

確信を持って、ミーカはフルフルの顔を真っ直ぐ見た。

「フォルネウスさんは、フルフルさんに幸せになってほしくて、笑ったんだと思う」

「私の、幸せ……です?」

「俺、弟妹がたくさんいるんだけど、あいつらに笑っててほしいから、元気で幸せになってほしいから、聖騎士長なんて仕事もがんばってこれたんだ」

実際には序列も最下位でろくな成果を残せていないが、それでもミーカなりに努力はしたのだ。

「フォルネウスさんも、きっと同じような気持ちだったんじゃないかな」

ミーカは、フォルネウスのことをほとんど知らない。まともに言葉を交わす機会もなかった――そもそも会話自体が不可能ではあったが――が、フルフルには大切そうに接していたのは見た。

精一杯の答えに、しかしフルフルの目からはひと筋の涙がこぼれ落ちていた。

「幸せ……知らないです。私は、ご主人さまに、生きてる、してほしかった」

それから、ミーカの胸にギュッと摑まる。

「でも、ミーカさんがいなくなるも、嫌です。ふたりとも、いてほしかった」

「…………」

その訴えに答える言葉を持っていなくて、ミーカはただ子供のように泣きじゃくるフルフルを抱きしめ返すのだった。


それからしばらくして、ミーカとフルフルは橋の欄干に腰を下ろしていた。

道のど真ん中で泣いている女の子を抱きしめているわけにもいかず、フルフルが落ち着くまでこちらに避難していたのだ。

フルフルはもう泣き止んでいるが、まだ感情の整理が付かないのだろう。口を開く様子はない。

──もしかしたら、その感情っていうのもまだ芽生えたばかりなのかも……。

たとえば〝怖い〟だとか〝悲しい〟だとかいう感情も、ミーカとフォルネウスのことがあって初めて知ったのかもしれない。

だとしたら、ミーカは支えてあげなければならない。

ただ、人形で魔術師とはいえ、女の子にどう接すればいいのかわからなくてミーカは宙に視線を彷徨わせることしかできなかった。

と、そこで通りに並ぶ店のひとつが目に留まった。

「フルフルさん、ちょっとここで待っててもらっていいかい？」

「はい」

ミーカは店内に駆け込むが、馴染みのない店だ。どれを手に取ったらいいのかわからず右往左往してしまう。

右から左へと品物を舐めるように眺め、その中のひとつを手に取る。

――この色なら、フルフルさんに似合う気がする。

それに決めると、すぐに会計を済ませて再びフルフルの元に戻る。

「フルフルさん、これ！」

「はい？」

小さな包みを渡すと、フルフルは受け取ってくれた。

「その、プレゼント。開けてくれると、嬉しい」

「はい」

包みの中から出てきたのは、円盤状の缶だった。煌びやかな装飾が施され、それだけで

も眺めていられそうな代物（しろもの）だ。

それを開けると、中には赤い塗料（とりょう）のようなものが詰められていた。

「これはなんですか？」

「えっと、口紅……っていうやつ」

ミーカの故郷はど田舎（いなか）の村で、女性が口紅を付けることすら少ない。

それでも年ごろの娘たちは都会のおしゃれに憧（あこが）れるもので、化粧（けしょう）や香水（こうすい）の話題にことかかない。中でも特に関心が高かったのが口紅だったらしい。

らしい、というのはミーカも友達（男）から聞いただけだからだ。そいつは村の娘を口説くために「ラジエルに行ったら口紅買ってこいよ」と言ってきたが、いざ店を探してみたら当時のミーカの経済状況（じょうきょう）では到底（とうてい）手が出るものではなかったので黙殺した。

そんな口紅だが、いまのミーカならなんとか手が出る。

――女の子が好きそうなものって、他に知らないし……。

フルフルは目を丸くしているが、まんざらでもなさそうに見えるのは気のせいだろうか。

やがて、フルフルはミーカを見上げて首を傾（かし）げる。

「これは、どうやって使うしますか？」

「え、それは唇に塗って……って、知らないか」

「はい」

そう答えると、フルフルは目を閉じて顔を近づけてきた。

「え、え、え？」

「塗り方、わかりません。塗るしてください」

――俺がそれやっていいの……？

一瞬のうちにものすごく葛藤するも、買ってきたのはミーカなのだ。

覚悟を決めて、ミーカは口紅を小指で掬う。

――確か、村の女の子たちはこんなふうにしてたはず……。

その小指で、そっとフルフルの唇に触れてみた。

――え、やわらかい……？

手は陶器の硬さを持っていたはずなのに、唇は人間のようにやわらかかった。

とはいえ、ここで固まっているわけにもいかない。

そっと唇をなぞってみると、鮮やかな赤に残った。

「こ、こんな感じで、どうかな……？」

あいにくと鏡など持っていないため、剣を抜いてその表面をかざしてみる。

「これは、知らない、気持ちです」

「えっと、綺麗だよ……？」

これが上手く塗れているのかは自信がなかったが、そう答えるとフルフルは確かに笑ったように見えた。

「幸せ、嬉しい、少しだけ、わかった気がします」

「そ、そう……？」

「はい。それがご主人さまの望みだというなら、がんばるします」

ぎこちなく笑い返すと、ミーカはまたフルフルの隣に座るのだった。

――少しずつでもいい。いっしょにいよう。

実家に帰るのは、まだまだ先になりそうだが。

◇

「フルフルさんとミーカくん、大丈夫そうですね」

そんな初々しいふたりを、遠目に眺めているのは黒花とシャックスだった。

彼らをザガンの元に招いたのは黒花たちである。当然のことながらそのまま、はいさようならなどと言えるはずもなく、このひと月というもの陰ながら気に懸けていた。

——結構、失敗したりもしましたけど……。

剣を振らずに硬貨を切る技や、足音を立てずに歩く方法、他には斬り合った剣を真っ二つにしたりして見せたら、それはもうドン引きされてしまった。訓練の中で驚かせようと思ったのがいけなかったのだろう。

まあ、黒花は黒花でアインに稽古を付けてもらわねばいけなかったため、彼らと同席する機会は多かったのだ。

「ようやく肩の荷が下りたかい？」

「もう、シャックスさんだって心配してたじゃないですか」

「気に懸けるのと気を揉むのは違う。俺はそこまで心配はしちゃいなかったよ。初めから侠気のある坊主だったからな」

まあ、シャックスとフォルネウスを〈魔王〉と知った上で、フルフルをかばいに飛び出してきたのだ。侠気がないわけがない。

黒花はじっとシャックスを見上げる。

「……？　どうした？」

「侠気なら、シャックスさんだって負けてないと思いますよ？」

シャックスはひとたまりもなく顔を覆った。

「……いきなり強火なこと言うのやめてくれねえか？」

ただ、シャックスが彼らをそれほど心配しなかったのは、他に心配事があったからだというのも気付いてはいた。

黒花はぐりぐりとシャックスの胸に頭を押しつける。

「こ、今度はなんだ？」

「いえ、心配をおかけしたなと……」

その言葉に、シャックスはそっと頭を撫でてくれた。

「クロスケはよくやった。フォルネウス公のことは、誰のせいでもない。全員が全力を尽くして、それでも向こうが一枚上手だっただけだ」

「……はい」

シャックスはそう言ってくれるが、あのとき黒花がもっと上手くこの〝眼〟を使いこなせていれば、ミーカを守れたかもしれないのだ。

銀眼。

グラシャラボラスと、それにアンドレアルフスとの戦いでもそうだったのだろう。黒花には魔力の流れというものが視覚的に見えるときがある。その流れを読めば、相手の動きを予測することもできる。

使いこなせば大きな力になる。

ただ、問題は自分の意思で銀眼の切り替えができないことだった。

黒花が黒猫になってしまうのと同じく、制御ができない。

加えて、使えば確かに無敵――アインとも引き分ける程度には――だが、使ったあとは立てなくなるほど疲弊する。シャックスが言うには、後天的な力ゆえに脳への負荷が大きすぎるらしい。それと、古傷にも響くのだと。

だが、その一方で黒花が引きずると、シャックスが自分のことのように落ち込むのもわかっているのだ。

罰だ償いだという話は、暗部を抜けたときにラーファエルやシャックス、あとザガンからも散々諭された。

だから、割り切っている。その努力をしてはいるつもりなのだ。

そのあたりも全部わかってくれたように、シャックスはやわらかく言う。

「焦らずやっていこう」

たった一言で、気持ちが楽になってしまうのを自覚する。

「……そうしないと仕方ないのは、わかってるつもりなんですが」

不服そうな声をもらす黒花に、シャックスが首を傾げる。

「納得してないって顔だな。愚痴くらいなら聞いてやるぞ？」

そんなに顔に出ていただろうかと、黒花は思わず自分の頬に触れる。それから、頭を横に振る。

「愚痴というわけじゃないんですけど……いまのところ、唯一上手くいった方法が納得いかないというか」

「ああ……。まあ、うん」

アインとの訓練だが、ミーカたち以外にもときおり顔を覗かせる少年がいた。アスラという名で、アルシエラの旧友だという。以前、ラジエルに旅行に行ったとき同席することとなり、リュカオーンで知られる御方とはまるで違う顔をいくつも話してくれた。

どうやらアルシエラから密命を受けているようで、普段は城の外を駆け回っている。人使いの荒いところは親子そっくりである。

——アルシエラさまの要望に応えられるほどの腕、ということでもありますけど。

あのアインを相手に真っ向勝負で打ち負かしたこともあるというほどだ。弱いわりはないだろう。

決して悪い人間ではないのだが、なんというか非常にやりにくい相手なのだ。

そんな彼が、黒花の事情を知って言ったのがこんなことだった。


『そんなの気合いでなんとかなるもんだぜ！』


気合いだとか根性だとかでなんとかしろというのだ。

しかも、それで本当になんとかなってしまったから困るのだ。これまで自分が重ねてきた修練はなんだったのだろう。虚しい。

そんな黒花の心を読んだように、シャックスは優しく頭を撫でながら言う。

「気合いでなんとかなっちまったのは、それだけお前さんが努力してきたからだよ。クロスケに、やっこさんの無茶に応えられるだけの技量があったからできたことだ。胸を張っていいと思うぜ」

「……もう、シャックスさん」

そんなことを言われたら、拗ねることもできなくなってしまうではないか。

腹いせにシャックスの手にほっぺたをこすり付けて返すと、彼はなにやら動揺したように指を浮かせるが、結局頬を包み込むように撫でてくれる。

手袋越しでもあったかくて、優しい手である。最近は吸わなくなったが、ほのかに煙草のにおいが染みついていて、あと昨晩いっしょに呑んだ蜂蜜酒の香りも少し残っている。

――そろそろその先のこともして欲しいんですけど……。

だが、彼が順番を間違わないように物事を進めてくれているのもわかってはいる。だから、その欲求不満を紛らわせるためにスキンシップが多くなってしまうのは、仕方のないことなのだ。

それから、シャックスは限界になったようにつぶやく。

「と、ところで、クロスケも化粧とか興味あるのか？」

ミーカがフルフルに口紅を贈ったからだろう。

黒花は少し考える。

「んー、興味がないと言ったら嘘になると思いますけど……」

「けど？」

言ってから、自分の言い方が悪かったことに気付く。こんなふうに口ごもったら、それはシャックスも事情を聞こうとするだろう。

「えっと、言わないと、ダメですか……？」

「まあ、差し支えなければ……」

自分の顔が赤くなるのがわかって、黒花はそれを隠すようにもう一度シャックスの胸に頭をこすり付ける。

「……だって、化粧をすると、こんなふうに触ってもらえなくなるじゃないですか」

化粧は繊細なのだ。暗部にいたころ、ひと通りのやり方は学んでいるが、ちょっと服に頬をこすり付けただけで取れてしまうし、服にも残ってしまう。頭や頬をぐりぐり押しつけたり撫でてもらったりできなくなるだろう。

シャックスはきょとんとして目を丸くし、それから苦笑した。

「なるほど、そいつは問題だな」

「もう、笑わないでください」

耐えきれなくなって、黒花は両手で顔を覆う。二叉のしっぽが、自分の意思とは無関係にシャックスの背中をぱしぱしと叩いていた。

それから、シャックスは言い淀むように頬をかく。

「いや、クロスケにもなにか化粧でも贈ろうかと思ったんだが、やめた方がいいかい？」

「なんでですか？　いただきますけど」

「付けられないんじゃなかったのかよ」

「それとこれとは話が別です。好きな人から化粧品を贈ってもらえるのに断る女の子がいると思ってるんですか？」

直球で答えると、シャックスは堪らず仰け反った。

黒花はシャックスの腕を引いて店へと向かう。

「口紅買ったらミーカくんたちがやってたやつ、やってくれますか？」

「……もう少し手心を加えちゃくれないかい？」

「難しいことをおっしゃいますね」

常に必殺を心がけてきたのが黒花だ。恋愛の上とはいえ、手加減などできるはずもなかった。

結局、口紅はハードルが高すぎたようで、頬紅を買ってもらうのだった。

◇

「綺麗。これはなんの花？」

「たぶん、百合(ゆり)って花よ」

「いろんな色があって、可愛(かわい)い」

デクスィアの説明に、フォルは素直に感心していた。

このオフェロスには無数の庭園が存在する。目玉の薔薇園(ばらえん)以外にも、様々な花が植えられているようだ。いまの季節だと百合やラベンダーなどが咲(さ)いているらしい。少し前まではチューリップという変わった花も咲いていたという。

整えられた庭園に喜ぶフォルに、デクスィアが意外そうな声をもらした。

「お嬢(じょう)も花とか好きなのね」

「うん。花は綺麗で、好き。前にネフテロスに遊んでもらったとき、花冠(はなかんむり)の作り方を教えてもらった」

もう、一年近く前になるだろうか。

ネフテロスとはまだ出会ったばかりだったが、それがどういうわけかいっしょにエルフの隠(かく)れ里(ざと)に幽閉(ゆうへい)されることになった。確かバルバロスに連れてこられたのだったか。

――便利屋は、ときどきなにをするかわからない。

いまでこそ彼(かれ)が奇行(きこう)に走るのはシャスティル絡(がら)みだとわかってきたが、それにしたって

ザガンにポンポン殴られるような言動は変わっていない。あれで頭は悪くないはずなのに、なにが彼をそんな愚行に駆り立てるのだろう。

アリステラが首を傾げる。

「お嬢さま。ネフテロスとは、ネフィさまの妹君ですか？」

「うん、そう。いっしょに来れればよかったのだけど」

今回は〈魔王〉とそのパートナーに限定されていたため、連れてこられなかったのだ。

——ネフィも誘いたそうだったけど。

まあ、この旅が何事もなく終わるはずはない。せっかくリチャードという番いと平穏を得られた彼女を、巻き込まずに済んでよかったと考えるべきだろう。

だが、アリステラはスカートの裾をキュッと握ってうつむく。なにか悩んでいるようにも見えるが、怖がっているようにも感じられる。フォルの前でこういう顔を見せるのは珍しいことだ。

「なにか気になるの？」

そう声をかけると、彼女はハッとしたように顔を上げる。

「いえ……。ただ、彼女を見ると、なぜか胸がざわざわした気持ちになります」

その言葉で、フォルもなんだかわかった気がした。

――アリステラが〈アザゼル〉というのに喰われたのは、ネフテロスが原因かもしれないって言ってた。

とはいえ、ネフテロス自身にその記憶はないし、アリステラ自身も同様だ。確かめる術はないが、状況的にそうだろうという話だ。

フォルはじっとアリステラを見つめる。

「ネフテロスが怖い？」

「どう、でしょう。怖い……それはあると思います。でも、どこか他人に思えないような感覚がある、気がします」

この言葉には、フォルも返事に困った。

――〈ネフェリム〉だから？　それとも〈アザゼル〉のせい？

いまのネフテロスの体は、アリステラたちと同じく〈ネフェリム〉のものだ。それもビフロンス式と呼ぶべき、他の〈ネフェリム〉より完成度の高い特別製である。

その器に移す際、〈アザゼル〉の因子は完全に取り除かれたはずなのだが……。

いずれにしろ、悩んでいるように見えたのはこの部分のようだ。

さて、どう答えたものか。

「ん……。わからない。気になるなら、調べてあげるけど？」

考えた末、フォルはわからないことはわからないと正直に答えることにした。

――背伸びしてわかってるふりをしても、きっとよくないことになる。

そう告げると、アリステラは少し意外そうに目を丸くした。

それから、首を横に振る。

「いえ、お嬢さまがそうおっしゃってくださっただけで十分」

少しは気が楽になったのか、アリステラは控えめに微笑むのだった。

そんなアリステラの手を、デクスィアがギュッと握る。

「大丈夫よ、アリステラ。アタシがいるから」

「……うん。ありがとう、お姉ちゃん」

デクスィアの知る妹とは変わってしまったアリステラ。それでも帰ってきてくれたアリステラ。そんな妹を見るデクスィアの気持ちは、フォルには想像も付かない。

助けてあげたいと思っても、なにをしてあげればいいのかわからなかった。

――魂魄の損傷を癒す魔術は存在しない。

聖剣を破壊する手段を模索する傍ら、ザガンは魂魄という概念の研究にも着手していた。

このふたつは切っても離せない関係にあるからだ。

それでわかったのは、アリステラもフルカスも、魂魄が損傷した可能性があるというこ

とだった。そしてこのふたりを傷つけたのが、同一の存在だとも。

彼らとは事情が異なるが、リリーも核石を傷つけられて一時的に記憶を失った。宝石族にとって核石は結晶化した魂魄だとされていることから、その考えは正しいように思える。

だが、こうも思う。

――ザガンが作った〈天鱗・祈甲〉なら、あるいは……？

リリーのとき、フォルには体を治せても記憶までは直せなかった。そう思った。にも拘わらず、リリーはアスモデウスとしての記憶を取り戻した。

〈天鱗〉が魂魄の修復にまで手が届くのなら、アリステラの記憶だって直せる日が来るかもしれない。

そんなときだった。

「あは、悪い子見ーつけた。子供だけで遊びに行くと危ないって教わりませんでした？」

百合の花園を背に、星の瞳を持つ少女が佇んでいた。

「リリー！」

ずっと会うことを避けていた少女が会いにきてくれたことに、フォルは思わず歓喜の声

を上げる。

そのまま駆け寄ろうとすると、それを拒絶するように大仰にローブを振り払う。その一方でもう片方の手では人差し指を立てて唇に添え、一瞬だけ空に視線を向けた。

それはまばたきでもすれば見逃してしまいそうな些細な仕草だったが、フォルは確かに見た。

――なんだろう。なにかの合図……？

足を止めて仕草の意図を考える。

人差し指を唇に添えるという仕草は黙れという意味に思える。そこでこの視線の動きということは、なにかに監視されていると考えるのが自然だろうか。

――監視されてるし、話すのも危ないのに、なにかを伝えにきた？

きっと、いつものゴシップ誌を介する余裕もないのだろうとわかった。

「アンタ、アスモデウス……！」

警戒の声を上げるデクスィアに、フォルは下がるよう腕を上げて示す。

「ふたりとも、後ろにいて。アスモデウスがなにを言いにきたのかわからない」

「……？」

どこか不自然な言い回しにデクスィアは眉をひそめるが、指示がわからなかったわけで

はない。アリステラの手を引いて、フォルの後ろに下がった。

――私はリリーほど上手に意図を伝えたりはできない。

それでも〝わかった〟ということを伝えようとすると、リリーはどこかほっとしたように口元を緩めた。

それから後ろで手を組み、もったいぶるように口を開く。

「ちょーっとフォルちゃんに聞きたいことがあるんですよお。私のお姉ちゃんの核石持ってた執事さん……ラーファエルさんって言いましたっけ？」

そこでラーファエルの名前が出てくるとは思わず、フォルも目を丸くした。

「ラーファエルが、どうしたの？」

「まあ、初志貫徹ってやつです？　やっぱり煌輝石の持ち主にはひどい目に遭ってもらわないと不公平じゃないですか。それで聞けばあの人、なんと娘ちゃんがいるって話じゃないですか！　……どんな子です？」

フォルは静かに目を細めた。

――えっと、黒花に危険が迫ってる……ということ？

黒花にはシャックスが付いてくれているが、マルコシアスという〈魔王〉は誰もが恐れる魔術師だったらしい。なにをされるかはわからない。

ただ、意図はなんとなくわかったが、こういう聞かれ方をしたらフォルも素直に教えるのは不自然である。

「……そう言われて、答えると思う？」

がんばって警戒しているように問いかけてみると、リリーは意地の悪そうな笑みを浮かべる。

「フォルちゃんの従者のふたりを生かしておいてあげるっていうのじゃ、不服です？」

「おー、なるほど」

確かにフォルは〈魔王〉アスモデウスと戦っても生き延びられるが、デクスィアたちを守ってとなると難しい。

――うん。それだけじゃなくて、デクスィアとアリステラを守れって意味もある？

いまの言葉で彼女たちを守ることを意識しないフォルではない。それを織り込んでの言葉選びのように思えた。

いずれにしろ、こんなふうに脅迫されたら、悔しくも従わなければいけなくなる。ちゃんと誘導してもらえたことに感動していると、リリーにはじとっと睨まれた。

デクスィアがキュッと唇を結んで言う。

「お嬢、こんなやつの言うこと聞く必要なんてないわよ。自分とアリステラの身くらい守

ってみせる」

「デクスィアは賢い。いい子」

「いま、そんなこと言ってる場合じゃないでしょっ？」

彼女が気を利かせてくれたおかげで、ちゃんと警戒しているような雰囲気になった。

フォルはそんな健気な配下を守るように腕を掲げ、手の中に黒竜を紡ぐ。それから、小さくうめいた。

――わざわざ〈マルバス〉を出すのはわざとらしかったかも……。

すでに選択の余地はないはずなのだ。そこで〈マルバス〉を使うというのは、配下を守る姿勢を見せているに過ぎない。

フォルは観念したように腕を下ろす。

「……わかった。黒花のことを教える。だから、この子たちには手を出さないで」

「お嬢！」

フォルは黒花の特徴を簡潔に伝えた。

二叉のしっぽと四つ耳を持つ猫獣人ということまでわかれば、リリーならすぐ見つけ出せるだろう。

「でも、黒花にはシャックスがいる。簡単に手出しできると思わないで」

ちゃんと守ってくれる人がいることを伝えると、リリーはまた唇に指を添えて小首を傾げる。

「あは、新人くんのひとりでしたっけ？　まあ、〈魔王〉になれるくらいだから弱くはないんでしょうけど、たぶん意味ないですよ？」

「どういうこと？」

リリーはふわりと百合の花びらを舞い上げてその場で一回転してみせる。

「アンドレアルフスくんがいなくなったいま、誰が一番強い〈魔王〉かっていうと、候補は三人いたりします。最強というより、三強ですかね。まあ、魔術師がケンカの強さを物差しにすること自体がナンセンスですけれど」

〈魔王〉の闘争をケンカと言い切ってしまえるあたり、やはりこの少女も〝最強〟というものなのだろう。

それから、人差し指を立てる。

「ひとりは私ですね。まあ、当然の話ですけど」

傲慢にも、少女は銀の髪を揺らして堂々とそう宣言した。しかし、それがなんの誇張もない事実なのも、確かなのだ。

それから、二本目の指を立てる。

「ふたり目は、ザガンくんでしょうね。一年前に〈魔王〉になったばかりなのに、他の〈魔王〉を何人もボコしてるんですから、まあここに異を唱える人はいないでしょう」

最後に、三本目の指を立てる。

「で、最後のひとりがフェネクスさん。〈魔王〉の中でも指折りの変人ですけど、単純なケンカなら私より上かもしれないですねー」

アスモデウス以上という言葉も衝撃ではあったが、その名前にフォルは首を傾げる。

「マルコシアスじゃないの？」

「マルコシアスさんはおっかない〈魔王〉であって、別にケンカが強いわけじゃないですからねえ」

リリーは、楽しいイタズラでも打ち明けるように微笑む。

「そのフェネクスさんがいまから暴れるらしいんで、この島なくなっちゃうんですよ」

これにはフォルもギョッとして目を見開いた。

「じゃ、死にたくなかったらとっとと逃げるんですねー」

「待って、リリー！」

そのまま虚空に消えていこうとするリリーに、フォルは思わず呼び止めてしまう。

「……なんですか？」

リリーは立ち止まってくれた。

いっしょに遊びたいとかこのまま帰ってきてとか、いろいろ言いたいことはあった。

でも、危険を冒してまで忠告に来てくれたリリーにこれ以上リスクを負わせたくない。

（ま、た、ね）

だから、フォルは控えめに手を振って、唇の動きだけでそう伝えるのだった。

「……ふん」

リリーは不愉快そうに鼻を鳴らすも、真っ黒なローブに包まれて消える最中、確かに小さくだが手を振り返してくれた。

その姿が完全に見えなくなって、デクスィアが大きくため息をついた。

「あいつ、やっぱり敵になったのね」

「デクスィア、監視はもういない。演技は続けなくていい」

「演技……？」

ぽかんと口を開けるデクスィアに、アリステラが冷めた視線を向けた。

「お姉ちゃん、リリーは危険を知らせに来ただけ。敵対はしていない」

「え、えっ？」

どうやらアリステラはわかっていたようだが、デクスィアは本当にリリーが裏切ったと思っていたらしい。

恐らくリリーしか知らないアリステラと、アスモデウスを知っているデクスィアの違いなのだろう。

デクスィアは納得いかないように口を開く。

「で、でも、お嬢だって黒竜出して悔しそうにしてたじゃない」

「そう見えたの？」

だとしたら嬉しい誤算というものである。

——思い通りにいかなかったからといって、失敗とは限らないのかもしれない。

フォルはデクスィアの頭を撫でてやった。

「大丈夫。デクスィアはそれでいい。私は助けられた」

「えっと、そう……なのかしら？」

「うん。頭を使って話すのは楽しかったけど、難しい。デクスィアがいなかったら、怪しまれてた。偉い」

実際のところ、あれでフォルとリリーが友好関係にあることを誤魔化せたのかというと、

首を傾げざるを得ない。

——でも、リリーが黒花を守ろうとしてることは、隠せたと思う。

なぜなら、アスモデウスの煌輝石への妄執は他の〈魔王〉とて疑いようのない事実なのだ。それがその煌輝石の持ち主の隣人を守るとは間違っても考えない。

そのあたりの事情を知ってか知らずか、デクスィアは複雑そうな表情で頭を撫で続けられるのだった。

◇

「待っていたぞザガン！」

そこはこの島の中心にある大聖堂だった。ここの中枢とも呼ぶべき場所だけあって、他の教会でも類を見ないほど荘厳な造りである。人ひとりほどもある巨大な銀の十字架がそびえ、その後ろには豪華なステンドグラスでなにかの聖者が描かれている。

その講壇の前で待っていたのは、ふたりの聖騎士だった。

片方はシャスティル。聖剣を床に突き立て、仁王立ちで佇んでいる。

いつになく好戦的に見えるが、服装は司教の礼服なので別に戦うつもりではなさそうだ。

単に興奮しているだけだろう。蝶の髪飾りの他に、緑のピアスも着けられている。どうやらバルバロスからの贈り物は気に入っている様子だ。

その隣に、長い前髪の男がいる。洗礼鎧をまとっており、聖騎士なのは見ればわかるがずいぶんと人相が悪い。どことなく見覚えのある顔のような気がして記憶をたぐり、ラジエルの宝物庫で見たことを思い出す。名前は知らないが、あのときシャスティルと戦っていた聖騎士長だ。

男の方は相当苛立っているようなのだが、その敵意はザガンというよりシャスティルに向けられている。やはり、前に戦ったときの確執でもあるのだろう。

ザガンの視線に気付いたのか、シャスティルは男を示す。

「ああ、先に紹介しておこう。こちらはユーリ・ハルトネン卿。このオフェロスの守護を担う聖騎士長だ」

大陸の要衝のひとつだ。聖剣のひとつを配置するには十分な理由である。となると、相応に腕も立つのだろう。

――ユーリ・ハルトネン。序列八位の聖剣〈ウリエル〉の所持者か。

ザガンも聖剣所持者の名前くらいは頭に入れてある。腕は立ちそうに見えるが、新参の聖騎士長のちょっと上くらいの順位だ。どういった派閥の人間かは知らないが、シャステ

イルの共生派ではなさそうだ。

男はふんと鼻を鳴らす。

「宝物庫以来だなと言いたいところだが、貴様は俺の顔など覚えてはいまい」

「そうでもない。シャスティルと斬り合っていた男であろう？　あのときの続きが所望なら、付き合ってやらんでもないぞ」

軽くからかってやると、男はため息を返す。

「……わだかまりがないと言えば嘘になろう。だが、身の程はわきまえている」

「ほう」

なかなか理性的な男のようだ。これで突っかかってくるようなら軽く撫でて黙らせなければいけないが、まともな会話の望める相手らしい。

ザガンは素直に腰を折って返す。

「非礼を詫びよう。今日は貴様の領地を楽しませてもらっている。礼儀を失する配下がいれば、遠慮なく叱りつけてやってくれ」

ザガンを始め、配下たちもこの島を心地良く観光させてもらっている。その島を誰もが

楽しめるように管理してきたのは、この男である。妙な圧政を布いたり、杜撰な管理であればこうはならなかったろう。

であれば、ザガンが敬意を払うには十分な理由である。

〈魔王〉が頭を下げるとは思わなかったのだろう。ハルトネンはにわかに目を見開くが、静かにうなずいた。

「もめ事でなければ俺が口を挟む余地もあるまい。いまは、特にな」

シャスティルの騒動から、相変わらず教会の立場は微妙なところだが、聖騎士は自分たちの在りようを定めつつある。この男も、そのひとりのようだ。

そんなことを話していたら、バルバロスが呆れたような声をもらした。

「おい、床いってるけど、いいのかポンコツ？」

まあ、大聖堂の床は木なのだ。それでは聖剣を突き立てれば穴も空く。

「あああっ、どうしよう！　す、すまないハルトネン卿……」

「……貴様、何度そのへまをやらかせば気が済むのだ？」

どうやら、彼の気が立っていたのはこちらが原因だったようだ。

ハルトネンがいまにも聖剣を抜かんばかりに苛立っているあたり、これが初めてではないのだろう。

「ああもう、いいからさっさと聖剣しまえ。……うえ、聖剣に斬られたもんって牛き物じゃなくても直りにくいのかよ。面倒くせえ」

聖剣の霊力に侵食されたものは、魔術が通りにくい。バルバロスが苦戦していると、シャスティルが不安そうな顔で覗き込む。

「……直る?」

「な、なななな直してやるから離れろ!　近えよ!」

「なんでっ?　家じゃこれくらいでも怒らなかったじゃないか」

「ここは家じゃねえだろっ?」

「あ、そうか。……えっと、すまない。分別を忘れた」

「べ、別に謝るようなことじゃねえけどよ」

「……外でやれ」

ハルトネンに心底同情した。

ザガンとてこの馬鹿ふたりを見ていると玉座を壊すくらいにはイライラするのに、それをずっと見せつけられているのだろう。

犬も食わないやりとりを続けるふたりに、ザガンは片手を挙げて返した。

「用件というのは惚気を食わせるというやつか?　まあ、俺たちも身に覚えがないわりで

はないから否定はせんが、俺たちもデートの最中なんだ。そろそろ戻っていいか？」

「惚気じゃねえっ！」

ザガンが寛大にも理解を示してやると、なぜかバルバロスは否定した。

「シャスティルさん、バルバロスさま、ご無沙汰してます。無事にお付き合いを始められたみたいで安心しました」

「ま、まままっまだ付き合ってるわけじゃないからっ！」

「ええ……？」

さすがにこの答えにはネフィも困惑の声を返した。

とはいえ、さすがにゴシップまでぶちまけて追い詰めたのだ。多少は進展があったのか、このふたりの距離感も前よりは近くなったようには見える。

まあ、それはいいがバルバロスの惚気を見せ付けられても、こちらはふたりでやれとしか言えない。ザガンは顔に苛立ちをにじませながら言う。

「それで？　なんの用なんだ。エルフの隠れ里のときみたいな馬鹿な話なら今度こそ息の根を止めるぞ」

いくらシャスティルでも、二度もあんな手には引っかからないと思いたいが。

その言葉でようやく我に返ったらしく、シャスティルは慌てて立ち上がる。

「ご、誤解だ。その、ネフィに見てもらいたいものがあるのだ」

「ネフィに？」

「——そう、ネフィによ」

さも当然のように響いたその声に、ザガンは全力で身構えた。

「なぜ貴様がここにいる？」


腰に手を当て、罰当たりにも講壇の上に立つのは誰あろうマニュエラだった。


緑の翼をバッサバッサと羽ばたかせ、羽根をあたりにまき散らす。ハルトネンが神経質そうに顔をひくひくとさせるが、すでに辛抱堪らんと言わんばかりに指をわきわきと蠢かせていた。

「なんでって、着替えのために決まってるでしょう？　あ、ザガンさんはあっちで着替えてね。助手もいるからわからないことがあったら聞いてちょうだい」

もはや言葉も通じそうにないので、ザガンはシャスティルを睨めつける。

「おい、シャスティル。どういうつもりだ？　よりによってこいつを呼びつけるとは。デートの邪魔をするなら貴様でも容赦はせんぞ」

「違うと言っているだろうっ？　その、ネフィに見てもらいたい衣装（いしょう）は、着替えが人変なのだ。だから、彼女の力を借りるべきだとゴメリが……」

「――帰るぞネフィ！　こんなところにいられるか！」

ゴメリの名前に、ザガンは迷わずネフィの手を引いて踵（きびす）を返した。

「ま、待ってくださいザガンさま。助言されたのはゴメリさまかもしれませんが、マニュエラさんはそんな悪い方ではありませんよ？」

「ネフィよ。ゴメリもマニュエラも同類だと思わんか？」

「それは……そうかもしれませんけど、マニュエラさんは結果的にはちゃんとした方ですから」

その〝結果的に〟という部分がよくないのだが、ネフィは優しすぎることにあの怪物（かいぶつ）の言うことに耳を傾（かたむ）けようとしていた。

マニュエラは短い髪をさっと振り払うと、まったく信用のできない笑みを浮かべた。

「安心して、ザガンさん。今日は教会からのお仕事で来たのよ。さすがにそれで遊んだりは（あんまり）しないわ」

「おい、小声で言えば聞こえんとでも思っているのか？」

警戒心（けいかいしん）を顕（あら）わにするザガンだが、ここで余計なことをすると教会から目を付けられるこ

とになるのだ。それでいつものようなことをするとは考えにくい。

チラリとハルトネンに視線を向けると、もう胃が痛いと言わんばかりに腹部を押さえている。これで追い出さないところを見ると、正式な依頼なのは事実らしい。

少し悩んでから、ザガンは仕方なさそうにため息をもらす。

「……まあいい。ここで貴様らの面子を潰すのも忍びない。余計なことはするなよ？」

「あら心外ね。私が余計なことをしたことなんてある？」

「自分の胸に聞いてみろ」

マニュエラは心底意味がわからないように首を傾げるばかりだった。

まあ、こんなことはさっさと片付けてデートに戻りたいのも事実だ。ザガンはしぶしぶ指示に従った。

去り際に、ハルトネンの隣を横切りながらザガンは同情の声をかける。

「貴様も苦労しているようだな」

「……そちらも」

この聖騎士長とは仲良くやれそうな気がするのだった。

「あ、ザガンさんだ。本当にきた」

「まあ、お前だろうな」

案内された部屋で待ち構えていたのは、狐獣人のクーだった。教会の仕事だからか、本日は修道女姿だ。単にマニュエラの趣味である可能性もあるが。

——こいつもすっかりマニュエラに毒されたなあ……。

それでいて、気配を殺して近づいてくるのだからなかなか侮れない。

「それで？　なにをしろと言うんだ？」

着替えがどうのと言っていたしマニュエラ絡みなのだから服に関することなのだろうが、妙にもったいぶっていて具体的なことがわからない。

——教会で衣装……聖騎士か司祭の扮装でもさせる気か？

教会が支持低下で窮地に立たされていることは、ザガンも知っている。そこで〈魔王〉を使ってなにかしらの広報活動を画策するというのは、考えられないことではない。

まあ、そんなことに効果があるとは思えないが、ゴメリにはシャスティルという前例がある。あり得ないことも視野に入れておく必要があった。

——ゴメリが一枚噛んでるとなるとな……。

シャスティルはそんな小賢しいことは考えないだろうが、あのおばあちゃんなら彼女を使ってなにをしでかすか想像も付かない。

ザガンが警戒していると、クーが持ってきたのは――真っ白な燕尾服だった。

「はい、ザガンさんはこっちに着替えてくださいね」

「なんだこれは。給仕でもしろと言うのか？」

普段、ラーファエルが執事として着ているものと似ているが、色が違う。魔術師に白い衣装ほど不似合いなものもあるまい。ネフィに揃えたつもりだろうか。

怪訝な声をもらすザガンに、クーはにこにこと笑いながら燕尾服を押しつけてくる。

「まあまあ、ザガンさんもきっと驚きますよ」

「ここに貴様らがいる時点ですでに驚かされているがな」

ゴメリにマニュエラまで揃っているとなれば、全力で警戒する必要がある。特にネフィの身だけはなにがあっても守らねば。優しすぎる少女は、あの危険人物に対して無警戒過ぎる。

身構えながら燕尾服に袖を通すと、クーは満足そうにうなずく。

「おお、やっぱり似合いますね！　ザガンさんも顔はいいんですから、もっとおしゃれとかしてみてもいいと思いますよ」

「……考えておく」

クーは恐らく『チーフ殿が楽しそうだから乗っかっとくか』程度のものだろう。なにも

知らされていないわけではなさそうだが、問い詰めてもろくなことは話せまい。

適当に相づちを打ちながらも、最低限の魔術は使えるよう燕尾服に魔術を仕込んでおく。

――〈右天・左天〉と〈絶影〉あたりはすぐに使えるようにしておかんとな。

逃走するならこれくらいは備えておきたいところである。

そうして大聖堂に戻ると、果たしてそこにはネフィが先に待っていた。

「――ザガンさま。わたし、幸せです」

純白のドレスに身を包んで、ネフィはそう微笑んだ。

「――で、本当にやるつもりなのかい？」

オフェロスの城壁上にて、ベヘモスはそう問いかけていた。

視線の先では、フェネクスがガッチャガッチャとやかましく甲冑の音を響かせながら準備体操をしている。甲冑というものは関節の可動も制限する。それであんな体操が意味を持つのかは甚だ疑問だが、本人の機嫌はよさそうだ。

『ふっ、新しい〈魔王〉とやらの力を、この僕が試してやろうというのだ』

またなにか面倒くさいことを言いながら、フェネクスは鳥の仮面を向ける。

『何事も習うより慣れろというだろう？　ザガンが本当にキミたちが言うような力を持っているか、まずは試させてもらおうじゃないか』

それから、フェネクスは問いかける。

『それで、ザガンはどんな魔術を使うのかね？　ビフロンスが魔術を吸収するとか言ってたような気がするが』

「なんで俺が自分のボスのやり口をバラすと思うんだ……？」

ザガンには恩があるのだ。それをべヘモスが裏切ることはない。

なのだが、隣でレヴィアがなんでもなさそうに答えてしまう。

「ザガンは〝魔術喰らい〟という相手の魔術を吸収する魔術を使う。あれに対抗できたのはキメリエスの身体強化魔術だけ」

「おい、レヴィア……」

さすがに批難の目を向けると、レヴィアは碧い髪を揺らして首を横に振る。

「バカは死んでも直らない。文句の付けようもないくらいちゃんと負けた方がいい」

『おいキミ、どっちの味方だ？　本当は僕をいじめたいだけだろ？』

仮面の奥で涙ぐむ魔術師に、レヴィアはため息を返す。

「一応、味方をしてあげたのに……」

『おかしい。僕が知ってる味方の概念と違うぞ？』

まあ、こういう面倒くさい魔術師なので、一度敗北を味わわせた方がいいのは事実かもしれない。

しばらく喚いて、しかしフェネクスは仮面の奥で笑う。

『だが、身体強化が有効なのは朗報だな。僕もそっち方面は得意だ』

「あと、ザガンは〈天鱗〉と〈天燐〉という魔術を使う。あの子を〈魔王〉として盤石にしたのはこっち。どちらも魔力を吸収して力にする魔術で、片方は無限に強度を高める盾。もう片方は命を焼く炎。いろんな型があるから注意して」

これらも魔術師にとっては非常にやりにくい魔術である。少なくとも、ベヘモスはあれを破る方法が思いつかない。

なるほど、とフェネクスはうなずく。

『僕に見せたいっていうのは、その魔術か』

「そう。まずはあれを使ってもらえるくらい力を示して」

『ふっ、その前に死んでしまっても知らないぞ？』

「あなたが？」

『キミ、ふざけるなよ？　そんな簡単に死ねたら苦労はしてない』

どこに腹を立てているのかわからなかったが、フェネクスは怒りの声を上げる。

それもどこ吹く風で、レヴィアは説明を続ける。

「ああ、もうひとつあった。ザガンは〈魔王の刻印〉を封じる」

『ええ……。とことん魔術にメタ張ってくるな。なんか魔術師に恨みでもあるの？』

「さあ？」

首を傾げるレヴィアに、ベヘモスが補足する。

「確か、ボスが〈魔王〉に昇格したとき、他の〈魔王〉が性格悪すぎて殺そうと思ったのがきっかけだって聞いたぞ？」

『ふん……？　それには同情しよう。〈魔王〉なんてろくなやつがいないからな』

他人事のようにつぶやいて、それからぐるんと鳥の仮面でふり返る。

『あれ？　それってもしかして僕もいたときの話か？』

要するにこの魔術師もザガンが〈魔王〉を殺そうと思った原因のひとりということだ。

『ちょっと矮小矮小っていびっただけじゃん！　それで皆殺しにするほど怒ることないだろ？　気が短すぎるぞあいつ』

心当たりはあるようで、なにやら地団駄を踏んでいた。

それから、また急にどうでもよくなったように立ち上がる。

『それで、なんだっけ？〈魔王の刻印〉が無力化されるんだっけ？　まあ、こんなもん使ったことないから別にいいか』

フェネクスの専門は生け贄魔術――〈魔王の刻印〉が活用できる魔術ではないのだ。

最後に背筋から両腕をぐいっと伸ばして、フェネクスはガツンと両手の手甲をぶつけた。

『ふう、体を動かすのは久しぶりだ。それじゃあザガンくんのお手並み拝見と行こうか』

そんな《黄金卿》を横目に、ベヘモスはザガンがいるだろう大聖堂を見遣る。

――ザガン、こんなのに負けてくれるなよ？

どこまでも小物くさい魔術師だが、アスモデウスと双璧をなすほど強大であることもベヘモスは知っているのだった。

◇

「――ザガンさま。わたし、幸せです」

純白のドレスに身を包んで、ネフィはそう微笑んでいた。

真っ白な髪に負けず劣らずの白。光を受けたそれは白銀に輝いていて、月の精霊のように神々しくも厳かだった。胸元や肘まである手袋には月桂樹の紋様が金糸で刺繍され、床の上にまで大きく広がった裾にはいくつものレースがフリルを作っている。

手には淡い桃色や白の花々を束ねたブーケ。頭には銀の冠と、薄らと透けるヴェールを

かぶり、花嫁(はなよめ)を守るようにその顔を隠(かく)している。

感嘆(かんたん)の吐息(といき)がもれる。

そんな姿に、ザガンはただ胸を押さえることしかできなかった。

――なんて美しい……。

どれほど使い古され、陳腐(ちんぷ)な言葉だとしても、それ以外の言葉が出てこない。

そう、愛(いと)しい少女は花嫁衣装(ウエディングドレス)に身を包んでいるのだ。

自分の格好を確かめると、ザガンまで真っ白な燕尾服に身を包んでいる。さっきクーに着せられたような気がするが、記憶(きおく)が曖昧(あいまい)だ。

つまり、まさに結婚式(けっこんしき)のその瞬間(しゅんかん)である。

――ああ、なるほど夢か。

リリスあたりの仕業(しわざ)だろう。今回の旅行にも連れてきているし、なにか妙な気を利かせた可能性は高い。まったく、余計なことをしてくれる。

だがまあ、決して悪い気のする夢ではない。

欲を言うなら、ザガンが求婚(きゅうこん)した上でこれを着せてあげたかったということか。夢で先

に見てしまうのはもったいないというか、実際に見たときの嬉しさが半減してしまうような惜しさがある。

それにしても、なんて綺麗なのだろう。

思わず見蕩れていると、愛しい少女はツンと尖った耳を真っ赤にして小刻みに震わせた。

「あの、ザガンさま。その、なにかお言葉をいただけると嬉しいと申しましょうか……」

「――はっ、すまん！　ネフィのあまりの美しさに意識が飛んでいた！」

「ひうぅっ？」

愛しい少女が花嫁衣装に身を包んでいる。

――あれぇ？　夢じゃないの、これ？

夢のような光景だが、どうにも現実らしい。

「うぅ……っ、本当に綺麗だぞ、ネフィ。あなたたちの結婚姿を見届けることができて、私はもう思い残すことはない」

「おいこら、勝手に死んでんじゃねえぞ」

「い、いまのは言葉の綾だ！　わかるだろう？　私だって、あなたを置いてそう簡単に死ぬつもりはないというか……」

「はーっ？　なに恥ずかしいこと言ってんのっ？」

……やはり夢かもしれない。

よく見ると神父役はシャスティルだし、その隣でバルバロスの馬鹿と痴話ゲンカをしている。夢か現実かは知らないが、場をわきまえて欲しい。

だが、ここで殴るとせっかくのネフィの花嫁衣装が返り血で汚れかねない。ザガンは理性を働かせてグッと堪えた。

「あがががががっ」

「ザガン！　私たちが悪かったからその手を放してやってくれ！　バルバロスの頭がなくなっちゃう！」

メリメリとバルバロスの頭蓋骨が軋む音に、シャスティルが悲鳴を上げる。どうやら殴るのを我慢したら無意識のうちに顔面を鷲摑みにしていたようだが、まあどうでもいい話である。

白目を剝いたバルバロスをぽいっと捨てて、ザガンは思う。

――こ、これはもしかして、結婚指輪というものを渡すべきタイミングなのでは？

アインも言っていたではないか。

きっとそれに相応しい瞬間というものが来ると。

いまが、そのときなのだ。

ザガンはネフィの前に立つ。

「ああっと、その、綺麗だ。……他に、言葉を見つけられんほどに」

「ザ、ザガンさまも、大変凛々しくて、素敵です」

どちらからともなく、笑みがこぼれる。

それから、怖ず怖ずと両手を伸ばす。

「その、顔を見てもいいか？」

「は、はい」

そっと、ヴェールを左右に広げてみる。

唇には真紅の紅が引かれ、頬にも赤が載せられている。マニュエラに化粧をしてもらったようだ。ツンと尖った耳にも、輪の形をした耳飾りが付けられている。

それは普段の愛らしさとも凛とした美しさとも違う、初めて見るネフィだった。

「こういう言葉が適切なのかはわからんが、惚れ直した」

「わ、わたしもです」

そこで耐えきれなくなったように顔を覆おうとするが、化粧をしていたことを思い出し

たのだろう。軽く手を浮かせたままあわあわと震える。この愛らしさは、正しくネフィそのものである。

ザガンは、そんなネフィの手を握る。

「実は、ずっと前から、渡したいものがあったのだ」

「わ、渡したいもの、ですか……？」

「ああ――」

そうして、ふところから指輪の入った小箱を取り出そうとしたときだった。

『わはははははッ！　ようやく見つけたぞ〈魔王〉ザガン』

天井のステンドグラスをぶち破って、耳障りな声が必要以上にやかましく響いた。大聖堂というのはパイプオルガンを始め、音が反響するよう設計されているので、それはもう五月蠅いことこの上ない。

降り注ぐガラスの雨を魔術で止めると、ザガンは涼やかな微笑を作る。

「ネフィ」

「はい」

「ちょっと殺してくる。待っていてくれ」

「……はい。その、できるだけ穏便に」

このタイミングで乱入してきたたわけを、生かしておく理由はなかった。

◇

「なんだ貴様は？」

大聖堂に降り立ったのは、全身黄金色の鎧に身を包んだ奇人だった。顔には鳥のくちばしを模したマスクをかぶっているが、こちらも金色である。ひと目で関わりたくない相手だと確信できる。

一応、周囲を確認するとクーの傍にはシャスティルが、マニュエラの傍にはハルトネンが駆け寄っていた。さすがは聖騎士といったところか。ザガンが止めはしたが、ガラスの雨を浴びれば一般人は死ぬのだ。各々一般人を守りに動いていた。

ちなみにそのシャスティルを庇うようにバルバロスの〝影〟が広がっていたが、まあそこはどうでもいい。

それらを確かめながら、ザガンは殴りかかる前にそう問いかけていた。

というのも、金ぴかの変人の右手からは〈魔王の刻印〉の気配が感じられたからだ。

――俺の知らん〈魔王〉は、フェネクスとアスタロトのふたりだ。

まあ、厳密にはザガンが〈刻印〉を継承(けいしょう)するときに顔を合わせてはいるはずだが、大半はフードで顔を隠していて人相まではわからなかった。

《餓骨卿(がこつきょう)》アスタロトは不死者(アンデッド)だという話だ。となると、こちらは《黄金卿》フェネクスだろう。金ぴかの見てくれからも間違(まちが)いあるまい。

猫背(ねこぜ)で正確な背丈(せたけ)は測れないが、ザガンより頭ひとつ分低いくらいか。

――生(い)け贄(にえ)魔術の始祖という話だが、そういった媒体(ばいたい)は見当たらんな。

まあ、〈魔王〉ならば生け贄のひとりやふたり亜空間(あくうかん)に収納できて当然だろうが。

ザガンの問いに、金ぴかは仰々(ぎょうぎょう)しく天を仰(あお)いで笑う。

『ははは、つれないな同輩よ。僕に接触(せっしょく)してきたのはキミの方だろう？　僕が《黄金卿》フェネクスだ』

フェネクスの元に差し向けたのはベヘモスとレヴィアだが、ふたりの姿は見当たらない。

定時連絡(れんらく)はあったのでやられたわけではなさそうだが、こんな馬鹿を連れてくるという話は聞いていない。

――というか、このしゃべり方どっかの馬鹿(ビフロンス)を思い出して腹立つな……。

人が嫌がることにかけては天才的な手腕の持ち主で、ことあるごとにザガンの邪魔をしてきた宿敵である。先日ようやく死んでくれたと思ったのに、また似たような馬鹿が湧くなど、ゾッとしない話である。

ザガンは嫌そうな顔を隠そうともせずに問い返す。

「こちらに協力する気はないと聞いたが、気でも変わったのか？」

『気が変わったのは事実だが、協力相手はキミではない。マルコシアスの方さ』

「それは嘘だな」

芝居がかった仕草で腕を広げるフェネクスに、ザガンはそう断じた。

『……即答か。なぜそう思うのかな？』

「俺に来いと言ったのはマルコシアスだ。それが罠で襲ってきたとしても、配下全員で来るだろう。グラシャラボラスもいるのに真っ向から挑んでくる意味がない。やつはそこまで俺を舐めてはいない」

フェネクスは反応に困るように沈黙した。

『そんなまともなこと言われると思わなかった。〈魔王〉ってケンカ売られたら顔真っ赤にして乗っかるもんじゃないの？』

「そんな野蛮人が、愛する女を幸せにできるとは思えんな」

ようやく目を覚ましたらしいバルバロスが『どの口が言ってんの？』みたいな顔で二度見してきた。あとでぶん殴っておこう。

まあ、事前にネフィから穏便にと言われなかったら、そのまま殴りかかっていたような気がするが、それを説明する義理はない。

フェネクスは言う。

『まあ、大した用じゃないんだ。友人が甚く（いたく）キミを評価しているものでね、ちょいと試してやろうと思って来たのさ』

「そうか。なら帰れ」

『……キミ、シャイなのか？　これだけ紳士的（しんしてき）に接してるのに帰れとか普通（ふつう）言わないぞ？』

「厄介（やっかい）ごとを持ち込（こ）んできた相手に、なぜ好意的な態度を取ると思った？」

そのあたりで我に返ったのだろう。シャスティルが声を上げる。

「あなたが何者かは知らないが、そこまでにしてもらおうか。いまは神聖な式の最中だ」

「衣装合わせじゃなかったの？　というかこいつらまだ結婚してなかったのか？」

自分のことを棚（たな）に上げてバルバロスがぼやく。あとで殴る回数を増やしておこう。

なにやら騒（さわ）ぐふたりに、フェネクスも鳥の仮面を向ける。そこで、くすんだレンズの向こうの瞳（ひとみ）を揺（ゆ）らしたように見えた。

——こいつ、シャスティルとなにか因縁があるのか……？

フェネクスの視線はバルバロスではなくシャスティルを捉えていたように思える。

だが、それも一瞬のことでフェネクスはしっしと手を振った。

『外野は引っ込んでいたまえ。僕を怒らせるとあれだぞ。怪我をするぞ？』

態度とは裏腹に、威厳の欠片もなくフェネクスはのたまう。

——なにか、動揺しているようにも見えるが……。

だが、この舐めた態度を前に黙ってはいられない男がひとりいた。


「——どうにも、今日は馬鹿が多すぎる」


ハルトネンだった。

シャスティルとは違い、洗礼鎧をまとっている万全の聖騎士長である。身を低くかがめひと息でフェネクスの間合いにまで踏み込むと、下から掬い上げるように斬りかかった。

『血の気の多いやつだ。紳士の会話に刃物を持ち出すのは感心しないぞ？』

聖剣のひと太刀は、真鍮の手甲に受け止められていた。

そのまま刀身を握り返すと、もう一方の腕で拳を作り、そのままハルトネンへと振り下

ろす。

「避けろハルトネン！」

シャスティルの叫びも虚しく、黄金の拳がハルトネンの頭蓋を直撃する。

「――守れ〈ウリエル〉」

フェネクスの拳は、ハルトネンに届くことなく止まっていた。黄金の鉄拳は、透き通った琥珀色の壁によって阻まれていたのだ。

――妙に序列が低いのは、こいつの力が守りに特化しているからか。

敵を倒すことを目的とした剣でないというなら、それも仕方がないだろう。

『へえ。〈魔王〉の拳を止めるのか。やるじゃない』

そう笑うと聖剣を放し、その手で拳を握ってもう一度叩き付ける。

「――ッ」

二度目の鉄拳に、琥珀色の障壁が粉々に粉砕される。

「――身の程はわきまえているのではなかったのか？」

ハルトネンを打ち砕くはずだった拳は、ザガンの手によって止められていた。

彼らの攻防は一瞬のことだったかもしれないが、それはザガンにとってはゆっくり歩いて近づいてから手を伸ばすには十分過ぎる時間であった。

──聖剣の結界を砕くだけのことはある。なかなかの拳打だ。

受けた手がしびれるというのは、そうはないことだ。

ハルトネンの聖剣を属性のようなものに当てはめるなら、土だとか鉱物だとかになるだろうか。物質化するほど強固に収束した霊気の結晶だ。それを拳で砕くとなると、ステラあたりでも厳しいだろう。

ザガンの皮肉に、ハルトネンは真面目くさった言葉を返す。

「ここは俺が守るべき場所で、目の前に守るべき民がいる。だから戦う。力及ぶかなど些細な問題だ」

この男は、もっと賢い選択ができる。少なくとも、ザガンと相対したときは割に合わないと戦いを避けたのだから。

それが、守るべき者がいるとなると誰よりも前に立つ。この男を聖剣所持者たらしめている信念なのだろう。

素直に、死なせるのは惜しいと思えた。

だからザガンは笑う。

「そいつはご立派だが、こいつは俺に用があるらしい。この勝負、預けてもらうぞ」

◇

ハルトネンの返事を待たず、ザガンはフェネクスの拳を摑(つか)んだまま放り投げる。

『おっと、馬鹿力だな』

フェネクスは落ち着いた調子で身を捻(ひね)ると、器用に着地してみせる。

それから両手の手甲でゲンコツを作ると、カツンとぶつけた。

『キミもこいつが自慢(じまん)なんだろう？　ひとつ、素手勝負(ステゴロ)といこうじゃないか』

「ふむ？　まあ、乗ってやろう」

確かに大した拳打ではあったが、ザガンに挑むには少々非力と言わざるを得ない。

フェネクスは小細工なしに真っ向から突(つ)っ込んでくる。

『シュッ』

鋭(するど)く息を吐(は)いて右の拳を正拳突(せいけんづ)きに放つ。

ザガンは、それを左手で堂々と受け止める。

バツンッと空気が弾(はじ)けて、衝撃(しょうげき)が白い円環(えんかん)を生んだ。

『やったか⁉』

「確認するまでもないことをいちいち訊くな」

白々しい前振りに、ザガンは怪訝な声を返すことしかできない。

「……ふむ。生け贄魔術の始祖と聞いていたが、他力本願な魔術師の拳打ではないな」

技巧の上でも、ステラあたりに迫るものがある。勝てぬ相手ではないが、油断できるものでもない。

純然たる敬意を込めてそう言うと、フェネクスは不服そうな声をもらす。

『僕は自分の魔術を、そんな名前で呼んだことはないのだけれどね』

どうやら本人も生け贄魔術という呼び名に不満を持っているようだ。

だが、いまはそんなことは関係ない。ザガンはフェネクスの拳を握り返す。真鍮の手甲が握力に耐えきれず、爆ぜた。

――体躯で劣る者の強みは、速さだ。

素早さでかき乱せば、ザガンに食い下がることくらいはできたかもしれない。

だが、その強みは無策で突っ込んできたがゆえに失われた。こうして拳を摑まれては、回避は不可能である。

ザガンは悠然と右の拳を握り締めると、容赦なく鳥の仮面に叩き下ろす。

『くっ――』

フェネクスは防御しようとしたのだろう。ザガンと同じように自由な腕で受けようとするが、〈魔王〉の拳骨はその腕もろとも打ち抜いていた。

『がへっ?』

「悪くはないが、体格には恵まれなかったようだな」

素手での格闘に於いて、体格の差は明白な優劣の差に繋がる。フェネクスの拳は自慢するだけのことはあるが、頭ひとつ分高いザガンに有効と呼べるほどではなかった。

そのまま頭と足の位置が入れ替わって一回転するフェネクスに、ザガンは回し蹴りの追撃を放つ。それは一回転してもう一度元の場所に戻ってきた側頭部を正確に捉えていた。

完璧なタイミングの蹴りに、しかしザガンの予期せぬことが起きる。

ブチンッと鈍い音を残して、フェネクスの頭が胴体から刈り取られていた。

「あ」

頭と胴体は別々の方向に吹き飛んでいき、大聖堂の長椅子をなぎ倒して盛大に転がっていった。

——……どうしよう。首を刎ねるつもりはなかったんだが。

いや、殺すつもりはあったたし、そのあと〈刻印〉はバルバロスに引き継がせる腹づもりではあったが、こんなあっさり死なれるというのは予想外である。なんだか手違いで無関係の相手を殺したような罪悪感までこみ上げてきた。

これには、ザガン以外の全員が絶句する。

「ザガン……。まさか、本当に殺すなんて……」

「……は、甘っちょろいこと言ってんじゃねえ。こいつが魔術師を殺すのなんぞ初めてじゃねえだろうが」

シャスティルが悲鳴のような声をもらし、それをたしなめるような言葉を口にしながらもバルバロスがドン引きした顔で視線を逸らす。別の場所ではクーが堪らず嘔吐し、マニュエラが青ざめながらもその背をさすっていた。ただひとり、ネフィだけが転がった胴体の方をじっと見つめていたが。

批難の目を向けられているような気がして、ザガンの頬にも冷や汗がひと筋伝う。

それを誤魔化すように、ザガンは腕を組んで鼻を鳴らす。

「くだらん芝居はよせ。死んでおらんのはわかっている」

――いや、仮にも〈魔王〉だ。これくらいで死んだりしないはずだ。たぶん。

根拠があっての言葉ではなかったが、それに応えるようにふたつになったフェネクスの

体が突然燃え上がる。

「黄金の、炎……？」

そうとしか形容できない炎だった。

それは木材である周囲の床や椅子を焼くことなく、フェネクスの体だけを包んで燃えさかる。その炎は、一対の翼のようにも見えた。

——なんだこの力は。魔術ではないぞ？

やがて、胴体の方のフェネクスがむくりと身を起こす。頭だった方は燃え尽きたらしく、割れた仮面だけが残されていた。

恐らく、それにいち早く気付いていたのはネフィだけだろう。彼女だけは、フェネクスの首が飛んでも目を逸らさず見つめていたのだから。

「やれやれ、加減というものを知らん男だな」

それはこれまでの耳障りな声ではなく、歌鳥のさえずりのような涼やかな声だった。

立ち上がったフェネクスの肩に、炎と同じ黄金の髪が広がる。長いまつげに縁取られた眼は緋色で、熟れた果実のように瑞々しくも真っ赤な唇をしていた。両目の下にバルバロスよりも深い隈が刻まれていなければ、たいそう整った容姿だったろう。

「女の子……？」

それも、せいぜい十四、五歳程度の少女に見える。

呆然とつぶやいたのは、シャスティルだろうか。その声にフェネクスもゆるりと視線を返す。

奇しくも、視線を交えた少女たちの瞳は、まったく同じ色をしていた。

「……聞いたことがあるな。黄金の炎から蘇る不死の鳥がいると。まさか〈魔王〉をやっているとは思わなかった」

そのつぶやきに、フェネクスはザガンに向き直る。それからゆっくりと腕を持ち上げると、床に転がる仮面を指差した。

「ザガン、戦闘の最中にこんなことを言うのは忍びないが、その仮面を拾ってはもらえまいか？」

「……？　まあ、かまわんが」

首を傾ねられたのは事実なのだ。打撃が残っているのか、その場から動けないかのように言う。まあ、世の中には顔を晒したくない魔術師というのも一定数存在する。

ザガンが軽く指を鳴らすと、仮面は弾かれたように飛び上がり、フェネクスの手元に収まった。

なんというか、反応に困ってザガンは問う。

「素顔を見られたくない理由でもあるのか？」

「そういうわけではないが、いまはこれくらいしかちょうどよいものがなくてね」

語りながらもその顔からは血の気が引いていき、そのまま勢いよく仮面の中に頭を突っ込んだ。


「おえええええぇぇぇぇぇぇぇえっぇええええええぇぇっ」


嘔吐した。

再び、ザガンを含めた全員の間に、どうしようもない空気と沈黙が広がった。

――なんなのこいつ……。

絶句させられてると、フェネクスはようやく出すものがなくなったのか顔を上げる。

「ご、ごめ……おおぷっ、これ、本当に、臭くて……ごぷっ、それで、急に動いたら、おろろろっ……」

「……わかったから、しゃべるな。落ち着いてからでいい」

ザガンですら思わず気を遣ってしまう。

まあ、吐瀉物の受け皿が仮面しか思いつかなかったらしい。

「……大丈夫ですか？　これ、よかったらどうぞ」

ややあって、ネフィが見ていられないように駆け寄り、背中をさすってハンカチを差し出してあげていた。この状況でそんな行動ができるとは、なんて優しいのだろう。

（うぅ……ありがとう。ハンカチ、洗って返すね？）

（いえ、お気になさらず……）

〈魔王〉が晒してはいけない醜態をひと通り晒し終えると、フェネクスはもう一度立ち上がる。まだ目には涙が浮かんでいるが、しゃべれる程度には落ち着いたらしい。

最低の状況ではあるが、ネフィにちゃんと礼を言えるところは評価したい。

ネフィが傍を離れると、フェネクスはなにもなかったように芝居がかった仕草で片腕を広げる。

「見ての通り、僕は不死身というやつでね」

「そうは見えんが」

「僕の魔術は本来、僕自身を捧げる魔術なのだよ」

そのまま話を続けられる胆力には、正直畏怖さえ覚える。

ただ、言っている内容は無視できないものだった。

「自分を捧げるとは、どういうことだ？」

「言葉のままだよ。……そうだね。キミは、英雄というものを見たことがあるかね？」

シアカーンが蘇らせた〈ネフェリム〉のことを言っているのだろう。

ザガンが首肯すると、フェネクスは満足そうにうなずいて言葉を続ける。

「英雄を英雄たらしめている所以とは、なんだと思う？」

「精神だろう。連中は信念のために命を懸けることを躊躇しない」

少なくとも、ザガンが見てきた〝英雄〟たちはそういうものだった。

フェネクスは疲れたような笑みを返す。

「一応、正解と言っておこうか。正確ではないがね」

「なにが言いたい？」

フェネクスは語る。

「英雄が英雄たる所以は、彼らが平然と奇跡を起こすことだよ」

「……」

その言葉には、心当たりがあった。

――本来、アスラには、アインに勝てるほどの力はないはずだった。

母親と付き合っている相手というのは正直複雑な気持ちだが、彼は力量で遙か上を行くはずのアインを打ち負かしている。

アイン自身の迷いからと思っていたが、確かにそれだけでは説明が付かない。

「その奇跡というものを細かく腑分けしてみると〝自らの力を超えた力を振るう〟ことに終始する。それはなんの才能もない少年が、たったひとつの武器を与えられただけで天使、それもその長を倒してしまえるほどだ」

それが誰のことを言っているのかはわからないが、天使は実在した名前だ。だが、それを見てきたことのように語ることで、フェネクスの不死身の仕組みがわかった気がした。

――マルコシアスを除けば、最古の〈魔王〉はフォルネウスだったはずだ。

彼の〈魔王〉で七百歳だった。天使が存在したのは千年前。七百歳以下の魔術師が目撃できるわけがない。

それが矛盾でないとするなら、不死鳥という種は精神が継続していても肉体は生まれたばかりの別人ということになる。

いまここにいるフェネクスは、たったいま生まれたばかりの別人ということだ。

――つまり、どれだけ打撃を与えても、蘇った瞬間全てなかったことになる。

そんなものを、果たしてどうやって殺せというのか。

〈天燐〉で殺しきれなければ、封印するくらいしか手段がない。

だが、フェネクスはそれすらも不可能だというように言葉を続ける。

「それほどの力を、なんの代償もなく振るえるわけはない。彼らはとある代償を払うことで、強大な力を手にしていたのだ」

「……」

その代償とやらに見当が付かないわけがない。

閉口するザガンに替わってフェネクスはこう結論した。

「答えは命さ。彼らは自らの命を燃やすことで、そんな奇跡を起こしてきた」

それから、ザガンを見遣る。

「キミの言う、精神という答えも正しい。彼らが命を燃やすトリガーは、間違いなくその精神だからね。言ってしまえば気合いと根性だよ。笑える」

フェネクスは自分の胸に手を当てる。

「僕の魔術の本当の名前は——英雄魔術——英雄の力を魔術的に再構築した力だ」

それから、嘆かわしいと頭を振る。

「なのに、この魔術を学んだ者たちはその代償を自らではなく、他者に求めた。だから生け贄なんて名前を付けられたんだろう。不愉快な話だ」

ザガンは、ゴクリと喉を鳴らした。

「それが事実なら、不死身の貴様は無尽蔵に代償を捧げて力を得られるわけか。そんな都合のいい話があるものか？」

その問いに、どういうわけかフェネクスは肩を落とした。

「僕もね。そんな都合のいい話があるわけがないと思ったんだよ。命を代償に力を得るのだぞ？　いくら不死身だって、命を燃やし続ければいつかは死ぬはずだ」

それから、真っ暗に澱んだ瞳で笑う。

「でも、そうはならなかった。僕は、死んでも蘇る。終わりなんて、なかった」

それがどんな絶望なのか、ザガンには推し量ることもできない。

だが、なにを求めてやってきたのかは、わかった気がした。

「ボス……」

いつの間にか、大聖堂の入り口にひと組の男女が立っていた。ベヘモスとレヴィアだ。

「ボス、独断でこいつを連れてきたのは謝る。だが、頼む。どうか……こいつを、救ってやってはくれないか？」

ザガンは彼らをふり返らなかった。

——全力で挑むべき相手から、目を逸らすのは無礼だ。

代わりに腰を低く落とし、万全の構えと共に〈天鱗・右天左天〉を顕現する。

「みなまで言うな。忠臣に応えられずして、なにが王だ」

「……感謝する」

その言葉を背中に、ふたりの〈魔王〉はもう一度衝突した。

◇

「もう、あの仮面はない。ろくに息もできなかった先ほどと同じと思ってくれるなよ？」

舐めた話だが、ザガンを相手にハンディ付きで戦っていたらしい。まあ、こちらも身体強化以外に魔術を使っていなかったのだから、文句を言えた口ではないが。

だが、全力で応えると言ったのだ。

ザガンは〈右天〉の拳を叩き付ける。

技を乗せた渾身の一撃。

その一撃に、フェネクスの拳にも黄金の炎が灯った。

ふたつの黄金の拳が衝突する。

「ぬう――ッ」

「ぐうぅっ」

結果は、互いの拳が弾かれていた。

――〈右天〉を真っ向から打ち返したっ？

見れば無敵の盾たる〈天鱗〉の拳に亀裂まで走っている。瞬時に回復はするが、瞬とはいえフェネクスの拳は〈天鱗〉の強度を凌駕したということだ。

フェネクスは笑う。

「ははっ、驚いてくれたかな？〈散華〉と名付けたのだがね。命を燃やすことで爆発的な力を放つ魔術だ。文字通り、爆薬に火を付けるように燃えるから、僕以外が使うと一撃で燃え尽きてしまうだろうがな」

これが英雄の真の力。

対するフェネクスも無事ではなく、その拳はぐしゃぐしゃに潰れていた。だが、相手は不死身の〈魔王〉である。潰れた拳は黄金の炎と共に、瞬く間に修復される。

そして、そのたった一度の打ち合いで大聖堂のステンドグラスは残さず砕け散っていた。

ザガンは舌打ちをもらす。

「場所を変えるぞ」

ここで戦うと、せっかくの大聖堂(観光スポット)……どころか、島そのものが崩壊(ほうかい)してしまう。

まだネフィに指輪も渡せていないのだ。これを破壊(はかい)することは許容できない。

「――なるほど、確かにここは狭(せま)っ苦(くる)しくていかんな」

そんな言葉とともに、目の前に黄金の髪が広がる。

周囲に気を取られた一瞬のうちに、フェネクスはザガンのふところまで潜(もぐ)り込んでいたのだ。

黄金の髪が横に流れる。上体を捻ったのだとわかった。

――蹴りが来る！

直感的にそう感じて、〈左天〉で防御に回る。

直後、ドンッと音を破る衝撃とともに、ザガンは宙に吹(ふ)き飛ばされていた。

真下から垂直に蹴り上げられたのだと、一歩遅(おく)れて認識(にんしき)する。垂直蹴りというより、後ろ回し蹴りの変形だろうか。今度は《左天》の装甲(そうこう)が砕かれる。

――〝魔術喰(まじゅつく)らい〟が追いつかんな。

〈散華〉が魔術だというなら〝魔術喰らい〟で止められぬ道理はないのだが、〝魔術喰らい〟よりも速いのだ。キメリエスと戦ったときと同じ……いやアンドレアルフスの〈虚空〉の方が近いかもしれない。

フェネクスの〈散華〉は、あくまで起爆のトリガーに過ぎない。発動したときには命の燃焼が始まっているから、それから魔術を止めても遅いのだ。

加えて、フェネクスの振るう技の型には、他の影が重なって見えた。

「――べヘモス、レヴィア！　修復しておけ！」

とはいえ、防御が間に合わなかったわけではない。ザガン自身は無傷のまま、配下たちにそう命じた。

まあ、こんな厄介を持ってきたのだ。これくらいの追加労働はやってもらっても文句はあるまい。

蹴り上げられたザガンは、そのまま大聖堂の天井を突き破って上空にまで達する。

空に抜けると、大聖堂の上には尖塔がそびえており、それを蹴ってザガンはさらに天高く跳躍する。

「――ひえっ？　いまの、王さま？」

なんだかリリスの悲鳴が聞こえたような気がして目を向けると、尖塔を観光中だったら

しい。セルフィと抱き合って跳び上がっていた。

そこをさらにフェネクスが同じように蹴って跳躍し、危うく転がり落ちそうになるのをアインとフルカスに助けられていた。

――すまん。詫びはあとで入れる。

心の中で配下たちに謝るも、ザガンとてさほど余裕があるわけではなかった。

「〈天燐〉を仕込んでこなかったのは失敗だったな……」

いまのザガンはローブすらまとっていない。

丸腰もいいところの燕尾服姿である。〈右天左天〉は仕込んでおいたがゆえに即座に起動できたが、他の魔術は多少の労力を要する。

つまり、英雄の力を無尽蔵に放つフェネクスを相手に一から紡ぐ必要があるのだ。

そこに、フェネクスが追いついてくる。


陽が落ちる赤い空に、黄金が広がっていた。

黄金の炎。炎の翼である。不死鳥の翼を背負って、フェネクスは空を羽ばたいていた。

――魔術ではない。フェネクスの種族としての力か。

悠々と空を漂いながら、フェネクスは言う。

「邪魔が入らないのはいいが、キミには不利な場所だったかな?」

武芸とは、地に足を踏みしめて操る技術である。いかなる技も、地に足が付かねば小手先のものにしかならない。

ザガンとて、剣や武芸を武器にする相手にはまずそこを攻めてきた。

だが、ここは完全に空の上で、足場となるものはなにもない。もちろん魔法陣の足場を構築して滞空する術は魔術の初歩だが、そんな脆く限られた足場で十全に技を振るうことは不可能だろう。

空を落ちながら、ザガンはなんでもなさそうに答える。

「気にするな。それより、貴様の方こそ気を付けろ。それに触れると、貴様の炎も消えるようだぞ?」

そんなザガンの周囲には、雪のような光の破片が煌めいていた。

「――〈天鱗・雪月花〉――」

宙を漂う数百の光は全て極小の〈天鱗〉である。それを踏みしめ、ザガンは空に立ち上がった。

反面、〈雪月花〉に触れたフェネクスの翼は、虫食いのように穴が空いていく。

「ほう……！」

黄金の翼を侵食され、フェネクスは逆に期待とも歓喜とも付かぬ声をもらした。

そんなフェネクスに、ザガンは別の敵の姿を重ねて見る。

——こいつの力は、シェムハザに通じるところがある。

不死身にして、絶大な攻撃力。あの恐るべき魔族に見立てるに足る強敵だ。

シェムハザを倒すには、もっと力が必要である。

より強力な〈天鱗〉と〈天燐〉が必要なのだ。

だが、ザガンが一度に紡げるのは三つで限界だった。これが、アスモデウスの言うところの〝人間の限界〟なのだろう。〈魔王の刻印〉を頼ればもっと多くを操れはするが、借りものの力を根拠に戦術を立てるのは愚行である。

手段のひとつとして考えるのはいい。だが借りものを常に使える前提で戦術を立てれば必ず破綻する。それは王の取るべき行動ではない。

では、どうやってこの限界を超えるのか。

そのヒントは、他ならぬアスモデウス自身が示していた。

——やつは〈奈落〉という禁呪を操るために〈漆極〉という素材をばら撒いていた。

それはフォルの〈崩星〉にも通じるものがあるだろう。

糧となる魔術を紡いでおくことで、より強大な魔術を瞬時に構築する。その上で〈雪月花〉は完璧なまでに理想的だった。

フェネクスもまた〈雪月花〉の上に足を下ろす。

「ふむ、存外に安定感があるものだね」

「気に入ったのなら貸してやる。いつまで置いてあるかはわからんがな」

ともに条件は同じ。

ふたりの〈魔王〉は距離を詰めると、闘争を再開した。

「ふっ、これで終わりだ！」

必ず空振りするトドメの一撃のようなことを叫ぶが、なんのことはない、普通の正拳突きだった。

だが〈散華〉——英雄の正拳突きである。触れれば〈天鱗〉さえ砕かれる。

ザガンは拳を握らず、力を抜いた手の甲で正拳突きに触れて返す。

「なんとおっ？」

くるりと、フェネクスの小さい体が宙を舞った。力の向きを変えて、フェネクス自身に返したのだ。

無防備な背中が晒され、ザガンは〈右天〉の拳を放つ。

だが、それは読まれていた。

フェネクスも宙で身を捻ると、そのまま回し蹴りを返してきた。

〈右天〉の拳が砕け、フェネクスの右足もぐしゃりと折れ曲がる。

――不条理なまでの破壊力だな。

やはり、シェムハザに比肩する。

だからこそ、戦う価値があるのだ。

フェネクスの折れた足は黄金の炎に包まれ再生し、その炎を喰らって〈右天〉も砕けた拳を修復する。

続けて〈左天〉の拳を放てば、フェネクスも拳を返す。

そうして幾度となく互いの拳を砕きながら、ザガンは自分の余裕がなくなっていくのを感じた。

――〈右天左天〉がすり潰されていく。

魔力の削り合いこそが〈天鱗〉の真骨頂だというのに〝死んでも蘇る相手〟というのは極めて天敵だった。

フェネクスからかすめ取れるのはほんの上澄み程度で、向こうは〈散華〉を使うたびに万全で蘇るのだ。消耗戦になったら勝ち目はない。

己の不利を悟って、しかしザガンは笑った。

「なるほど、先ほどは本当に呼吸もできていなかったようだな！　大した体術だ」

素直な賛美に、フェネクスの顔にも笑みが浮かぶ。

「キミも悪くないが、あいにくと僕は殴り合いで負けたことがないのだよ！」

そういうやつほど負けるような気がするのは、気のせいだろうか？　だが、負け台詞とは裏腹に、フェネクスの体術は確かにザガンにも比肩するものだ。

そんな姿に、どうしてもチラつく影がある。

「英雄の力。それにこの体術。貴様〝あの連中〟となにか関わりがあるな？」

何度目かわからないフェネクスの拳を受け止め、ザガンはそう問いかけた。

「……〈グリゴリの民〉のことかな？」

そう、フェネクスの戦い方はステラに、あるいはアスラのそれによく似ているのだ。加えて、大聖堂でシャスティルを見たとき、妙に気に懸けていた節がある。

彼らはみな、緋色の髪と瞳を持つ一族だ。

フェネクスは気怠そうにつぶやく。

「昔、天使の口車に乗ってしまってね。体組織の一部を提供したことがある。その結果生まれたのが、彼らだと聞いている。……髪の色は、少しくすんで緋色になってしまったようだがね」

やはり、当時の天使たちはろくでもない連中だったらしい。

――不死鳥の力を組み込んで人工的に作られた種族だったわけか。

だからこそ、聖剣は彼らを選ぶのかもしれない。それが好意なのか、贖罪なのかは知らないが。

フェネクスは虚しそうに続ける。

「結局、約束は反故にされてしまってね。天使もろとも試作品を焼いたつもりだったが、彼らはいまの時代に生き延びていた。多少、申し訳なくは思っているよ」

それでシャスティルを気に懸けていたらしい。

ザガンは肩を竦める。

「貴様が気にすることでもなかろう。連中は図太く生きている。いまさら先祖に文句を垂れるほど繊細でもあるまい」

「はは、なんだ慰めてくれるのか？　案外優しいのだな」

笑いながら、しかし〈右天左天〉と正面から組み合う。

「優しくしてくれるなら、そろそろ本気を出してはくれまいか？　こうしたじゃれ合いもたまには悪くないが、そろそろ飽きてきたよ」

そうして、ふたつの〈天鱗〉を真っ向から握りつぶした。

――チイッ、さすがに限界か。

幾度となく破壊され、〈右天左天〉は表層を残すのみで中はすでに空っぽだった。

「キミのこの〈天鱗〉という魔術、外から魔力を吸収して強度に変えているんだろう？　僕を相手にするには相性が悪い。さっきから脆くなっていく一方だったよ」

フェネクスの炎は、あくまで再生の残り滓でしかない。それで表面的な修復はできても、力を増すことはできない。

ふたつの盾を失ったザガンに、フェネクスは両手を組んで上から叩き付ける。

「気付かないとでも思うかい？　準備しているものがあるのだろう。見せてみるがいい」

そう、〈雪月花〉は足場のために生み出したのではない。

これは次の魔術を紡ぐための素材なのだ。

〈雪月花〉の足場からたたき落とされながら、ザガンは真っ直ぐフェネクスを見上げた。

「手を抜いていたわけではないが、位置取りが悪かったんだ」

ザガンとて、じゃれ合いのために殴り合っていたわけではない。

——眼下のオフェロスを巻き込まずに、となると難しいものだ。

それが、フェネクスに蹴落とされたおかげでようやく放てる位置に回り込めた。

——シェムハザを倒すための課題は、三つある。

ひとつは無限とも言える再生力を一撃で滅殺する破壊力。こちらは、すでに答えが出ている。〈鬼哭驟雨〉を始め、過剰戦力をたたき込めばいいだけだからだ。問題は最適化の方法だけだと言えた。

ふたつ目が、あの苛烈な戦闘力を前に魔術を紡ぐ手段。これもいま実践したことで解決できた。〈雪月花〉である。

最後に、剣を含めて硬質化した装甲を破る手段。存外に躓いたのが、これだった。

硬質化した表皮は装甲にも剣にもなる。単に魔術を当てるだけでは破れない。〝技〟に乗せられ、それでいてあの硬い装甲を破れるだけの力が必要だ。

ネフィからもらった〈ゾンネ〉を使えば剣をへし折るくらいはできたが、体装甲は時間停止の魔術〈虚空〉と合わせて、ようやく砕くので精一杯だった。

なにより、あんな硬いものを殴ってネフィからの贈り物に傷がつくのは嫌である。どう

しようもないとき以外は使いたくないのだ。だから他の手段が必要である。

――〈五連大華(ごれんたいか)〉は、技に組み込むには不向きだった。

五本の〈天燐〉の刃(やいば)を同時にたたき込む〈五連大華(ごれんたいか)〉は、ザガンの手札の中でも最強を誇(ほこ)る。だが、あくまで想定したのはネフテロスを取り込んだ〝泥(どろ)の魔神(まじん)〟だ。巨大(きょだい)で再生する相手を滅殺することはできても、ザガンと同等の体術や剣技を持つ相手というのは想定していない。いつぞやの〈アザゼル〉のような相手には、やはり通用しなかった。

触れれば殺せるという〈天燐〉の強みも、シェムハザのような再生の仕方をする者には届かなかった。

必中にして、瞬時に敵を滅殺できる力が必要なのだ。

その答えを、これから確かめる。

ザガンは、両腕(りょううで)を真っ直ぐ振(ふ)り上げる。

その手は拳(こぶし)の形ではなく、手刀の形を作っていた。

周囲の〈雪月花〉が黒く燃え上がり〈天燐〉へと裏返る。それらを取り込み、瞬時に身の丈(たけ)の数倍はあろうかという巨大な刃が紡ぎ上げられた。

「──〈天燐・一刀〉──」


質量を帯びるほど収束した〈天燐〉の大剣。これがザガンの答えだった。

それを見たフェネクスは、黒い炎に見蕩れんばかりに微笑んで見えた。

だが、それも一瞬のことで唇をキュッと結ぶ。

「ならばこちらも奥義で応えよう──〈凰〉！」

フェネクスの体が燃え上がり、黄金の不死鳥を模っていく。その不死鳥が、一条の流星のように落ちてくる。

引き絞った矢のように放たれたのは、蹴りである。

ネフィの〈ほうき星〉に似ているが、命そのものを燃やしたその力は〈呪翼〉のそれすらも凌駕している。

──これを、斬れるか？

当てるだけでは止められない。

粉砕しなければ、この一撃は止められないだろう。

だが、正真正銘の隕石のような一撃というのは、考えたことがなかった。

ならばこそ、ザガンは不敵に笑った。

――逆境にこそ傲慢に笑えんで、なにが〈魔王〉だ！

そして、黒い大剣と黄金の不死鳥は衝突した。

◇

自らがいかなる存在によって産み落とされたのか。あるいは作り出されたのか。彼女はそれを知らない。

だが、確かに生き物として芽生えた。

世界中探しても、自分と同じ生き物はいなかった。

驚くべきことに、他の生き物は死んだら終わりなのだ。生き返らないのだ。

なんて脆くて危うい存在なのだろう。最初は、確かそんなふうに哀れんでいた。

だが、ときが経つにつれて、それは憧憬に変わっていく。

限られた命だから、彼らは必死に生きる。

もちろん、志半ばで散る命も多かった。むしろ悲願を果たせた者など、ほんのひと握りしかいなかったろう。

なのに、彼らは美しかった。

彼らのように、生きたいと思った。

だが、自分はそうはならなかった。

必死に生きたつもりで、しかし死んでも蘇ってしまう。それでいて、志を共にした彼らはすぐに死んでしまう。

リュカオーンの伝説に、鳳凰という鳥が登場する。鳳という雄と凰という雌の番いで存在する神獣らしい。

でも、自分は一種であり、一個だ。

己がどうしようもなく孤独であることに、気付いてしまった。

天使のように長命種とされる者でも、せいぜい数百年。竜族ですら一万年程度しか生きられない。

それから先は？

誰も自分を知らない世界で、いつまで生きればいい？

怖かった。

自分には、終わりがないのだ。

世界が滅びようと、生物がいなくなろうと、星そのものが消滅しようと、存在し続けるのだ。

気が狂いそうだった。
あらゆる死を求めて、受け入れた。
救いを求めて魔術を学んだが、魔術も魔術師も自分を救ってはくれなかった。
物心ついたころからいっしょにいた竜も、とうとう死んだ。
数少ない友人がやって来たのは、そんなときだった。
自分と同じように、どうしようもなく呪われたふたりだった。
なのに、彼らは救われていた。
そして、彼らは言った。
『ザガンなら、あなたを殺せるかもしれない』
何度夢見て、失敗して、裏切られてきたかわからない。
それでも、彼らを救ってくれたその人に、会ってみたいと思った。
また失望することに怯えながら、でも、もしかしたらともう一度希望を抱いて。

『――〈天燐・一刀〉――』

希望と呼ぶにはあまりに禍々しい光に向かって、不死鳥クレアーレ・エレ・フェネクス

は真っ直ぐ飛び込んでいった。

余談だが、そうして多くの死に触れるうちにあることに気付いた。すぐ死ねる者たちには、共通する特定の言動が見受けられるのだ。

決着の直前に過去をふり返るのは、彼らの多くに見られる儀式（ぎしき）のひとつであった。

◇

「――ふたりとも、ここで死なれると困りますよ」

衝突の瞬間（しゅんかん）、白と黒のふたつの穴が広がった。

「なに――」

「――げえっ？」

ひとつは真っ白な月のように見え、もうひとつは歪（いびつ）な黒い穴で、その中から星の印を浮かべた瞳が覗（のぞ）いていた。

――アスモデウスだとっ？

なにを思ったのか、ザガンとフェネクスの間に割って入ったのは、星の瞳を持った忌（い）む

べき〈魔王〉だった。

ザガンとフェネクスの間に出現したアスモデウスは、空に向かって腕を掲げていた。

「――〈奈落・白夜〉――」

白い月のように見えたのは、アスモデウスの魔術だった。

落下中であることとは無関係に、体が浮かび上がる。

いや、浮かび上がったのではない。静止したのだ。風も、光も、重力さえも停止し、全てが止まった空間となる。

その打撃をまともに被ったのは、フェネクスだった。

黄金の炎は瞬く間に剥ぎ取られ、フェネクスの体がさらけ出されてしまう。

だが、全力で迎え撃とうとしたザガンは止まれない。ここが静止空間だとしても、ザガンはすでに大剣を振り下ろしてしまっていた。

黒い大剣は、アスモデウスもろともフェネクスを両断せんと迫る。

だが、その大剣に向かって、アスモデウスもすでに魔術を紡いでいた。

「――〈奈落・残月〉――」

アスモデウスの手の中に現れたのは、禍々しい虚無の色をした剣だった。

奇しくも、同じ型の魔術。系統は違えど、それが〈一刀〉に比肩する力を持つのだと感

じられた。
　ふたつの黒剣が衝突する。
　音は、聞こえなかった。
　にも拘わらず、静止空間そのものを震わせる衝撃が駆け抜ける。

　砕けたのは、ザガンの〈一刀〉だった。

「うっわ、私の〈残月〉が……」
　だが、アスモデウスの剣もまた、半ばから真っ二つにへし折られていた。
　――相討ちだと？
　鋭さではザガンが、力ではアスモデウスが勝ったといったところだろうか。
　アスモデウスの剣もまた、静かに崩れていく。
　いや、剣だけでなく、白い月までもひび割れ砕けていった。
　静止空間が消滅し、ザガンとアスモデウス、そしてフェネクスは地へと落下を始める。
　――恐るべきは、アスモデウスか……。
　不意打ちとはいえ、ザガンとフェネクスの渾身の一撃を止めたのだ。それも、全員を無

傷である。これはあの少女が魔術だけでなく、剣や体術も修めている証だった。

全盛期のアンドレアルフスでさえ、こうも器用にはいかなかっただろう。凄まじい力量だと認めざるを得ない。

落ちながら、腕を組んでため息をもらす。

「……まだまだ改良が必要か。貴様に競り負けるようでは話にならん」

そんなつぶやきに、アスモデウスはなんでもなさそうに笑う。

「いやまあ、そんな悲観することないと思いますよ？　私も〈白夜〉で削ったのに〈残月〉折られるとは思いませんでしたから」

一応ザガンを立てるようなことを言いつつも、はためく髪とスカートを押さえて余裕のある表情なのが腹立たしい。

フェネクスの方は、よほどの衝撃でも受けたように呆然とした表情で、頭から自由落下している。受け身を取る様子もないが、まあ向こうは死んでも無事だろう。

そうしてザガンとアスモデウスが大聖堂の屋根にふわりと着地すると、フェネクスはやはりというか頭から落下して血しぶきを上げた。

「……うわ」

脳漿を飛び散らす惨状に、アスモデウスが引いた声をもらす。だがそうする間にもフェ

ネクスは再び黄金の炎に包まれて蘇る。

そんなフェネクスが立ち上がると、ガランガランとやかましい音を立てて真鍮の甲冑が散らばる。

ぽた、ぽた、と足元に赤い滴が落ちる。

顕わになった肌を、真っ赤な血が伝っていた。

どうやらアスモデウスに止められたものの、〈一刀〉がかすめていたらしい。フェネクスの胸にはひと筋の太刀傷が刻まれていた。

「傷が、消えない……？」

呆然としたように、あるいは陶然とするように、フェネクスはつぶやく。

それから確かめるように、その傷に触れてみる。真っ赤に塗れた自分の手を見て、英雄の始祖はまるで奇跡でも見たように目を見開いていた。

「フェネクスさん……？」

少女の緋色の瞳からは、ぽろぽろと透明な涙がこぼれていた。

この反応は予想外でザガンがギョッとしていると、フェネクスはふらふらと歩み寄ってくる。

「あなたに、僕の全てを捧げよう」

赤く塗れた手を、祈(いの)るように胸の前で組むと、そのまま跪(ひざまず)いていた。

「あなたが、僕の死(救い)だった」

✡ エピローグ

いつしかすっかり陽は落ち、空には青白い月が浮かんでいた。

そんな月明かりの射す大聖堂に、ネフィは待ってくれていた。

「お帰りなさい、ザガンさ、ま…………？」

微笑むネフィの顔が、にわかに強張る。

「ああっと、その、ただいま……おい、いい加減離れろ」

決着がついてから、フェネクスはずっと腕にしがみ付いて離れないのだった。仕方がないのでそのまま引きずってここまで戻ったのだが、この少女は鎧甲冑も失って全裸寄りの半裸になっているのだ。〈魔王〉なら甲冑くらい自分で修復してもらいたいものだが。

当然のことながら、ネフィの額に青筋が浮かんだ。

「もし？　そちらの方、ザガンさまから離れていただけますか？」

「ひいっ」

直接声をかけられたわけでもないシャスティルが、小さな悲鳴を上げて講壇の後ろに隠

れた。ハルトネンも無愛想な顔にひと筋の汗を伝わせ後退る。マニュエラとクーは待ちくたびれてお茶をしていたらしいが、そちらもびくりと跳びはねる始末である。

ただ、バルバロスの姿は見当たらなかった。

ザガンの視線に気付いたのか、シャスティルが言う。

「あ、その……バルバロスならやることがあると、どこかへ……」

思わずため息がもれる。

——やはり、見られたか。

アスモデウスの強襲により、ザガンは思わぬ弱点を露見してしまった。

〝魔術喰らい〟を、使えない瞬間がある。

ザガン自身も気付かなかったことだ。

あのとき、割って入ったアスモデウスが使ったのは魔術だったというのに、ザガンはそれを〝喰らえ〟なかった。

ザガンが全身全霊で魔術を行使する瞬間は〝魔術喰らい〟を使えなかったのだ。

——アスモデウスは気付いていたのだろう。

だから、平然とあの瞬間に割り込むことができた。

だが、真に空間魔術の専門家はアスモデウスではなく、バルバロスなのだ。

あの男なら、アスモデウスよりずっと上手くやるだろう。

これからマルコシアスやその配下と戦えば、必ずその瞬間はやってくる。ザガンは、常に後ろを気にしなければならなくなった。〈魔王〉ザガンがもっとも恐れるべき相手になってしまったのだ。

そんなザガンの苦悩をよそに、フェネクスが口を開く。

「断る。彼は僕の願いを叶えうる唯一の男だ。手足を引きちぎられても放すものか。ああ、殺して気が済むならやってくれてかまわないよ。そういうのは慣れている」

『殺しはしませんけれど、ザガンさまはわたしの人です。勝手に引っ付くのが失礼なことなのは、わかっていただけますね？』

魔力まで込めた言葉に、またしても大聖堂のステンドグラスが爆ぜる。それをベヘモスとレヴィアが甲斐甲斐しく修復していくのだった。

それでもフェネクスは譲らない。

「ふむ。キミが彼の女というなら、そこは譲ろう。僕は二番目でも三番目でも愛人でもかまわない」

「二番目も三番目も愛人もいりませんよ？」

凍れる笑顔で否定するネフィに、ザガンはなんだか感動を覚えた。

——すごい。こんなに独占欲示すネフィは初めて見た！

なんだか妙に嬉しくなった。

さすがに分が悪いことを理解したのか、フェネクスは今度はザガンを見上げる。

「くっ、キミはどう思っているのだ？　あれだぞ、僕は無限に尽くすぞ？　体も、心も、命も、なんだって好きにしていい。もちろん夜の相手もだ。体だって常に新品みたいなもんだから、絶対満足させられるぞ？」

「いらん。俺が愛する女はネフィだけだ」

「……面と向かってフラれると、案外キツいものだな。ちょっとした敗北感まで感じるよ」

そんな反応をしているあたり、別に恋愛感情を抱いているわけではないのだろう。それでもとフェネクスは言う。

「ならば妹や娘枠はどうだ？」

「そっちも間に合っている」

この変人をフォルのように愛することはできないし、妹に関してはまだリリスにどういう態度を取ればいいのかザガン自身も結論が出ていないのだ。

フェネクスはなおも食い下がる。

「では、母親や祖母役でもかまわないぞ？」

「そっちはもっといらんな」

母親はアルシエラひとりで手一杯だし、おばあちゃんに関しては手綱も付けられない危険人物がいる。

「強情だな。ならもう、いっそペットでもかまわない！」

「ペットか……」

もはや〈魔王〉の矜持の欠片もない言動だが、そう言われてふとこの場にいるひとりに視線が向いてしまった。

「……なんでいま私を見たんですか？　さすがに怒りますよ？」

この少女もフォルに連れてこられたときのことを忘れたわけではあるまい。ネフィと同じような笑顔で文句を言っていたが、まあ放っておこう。

ザガンは強引にフェネクスを腕から振り払う。

「見苦しい真似はよせ。心配せんでも、俺はいままで配下を見捨てたことは一度もない」

その言葉に、フェネクスはきょとんとしてまばたきをした。

「配下？　キミのしもべになればいいのか？　〈魔王〉がそんな無欲でいいのか？　キミ、前会ったときはもっと欲深かったろう？」

信じられないという顔をするフェネクスに、ザガンはべヘモスを呼ぶ。

「はあ、べへモス。ちょっとこいつをつまみ出せ。ネフィと話もできん」

「了解だ。ほら、大丈夫だからこっちこい。な？」

「放せべへモス！　ちゃんと殺してもらうまで僕は離れない……おい、なんだキミは？」

「んっんー、女の子がそんな格好でいるものじゃないわよ？　ちょっとお姉さんと着せ替えっこしましょうね」

　べへモス……というよりマニュエラに首根っこを掴まれ、ようやくフェネクスはザガンから離れていった。

　それを確かめて、ようやくザガンも胸をなで下ろす。

「あぁっと、すまない。こんなはずじゃなかったんだが……」

「……別に、ザガンさまが悪いわけではありませんから」

　そう言いつつも、ぷくっと頬を膨らませて尖った耳はしな垂れてしまう。どう見てもご立腹なのだが、そんな拗ね方も愛らしくて思わず顔がゆるみそうだった。

　それから、なぜかネフィはザガンの腕をギュッと抱きしめる。

「ど、どうしたのだ？」

「……いえ、あの人が触ったままというのが、なんだか嫌だったもので」

　つまり、上書きしたくなったらしい。

ただ、それでもネフィの機嫌は直りそうになかった。

——まあ、当然か。

せっかくシャスティルが花嫁衣装を用意してくれたのに、台無しにされたようなものだ。

ザガンは、こっそり深呼吸をする。

「ネフィ、不安にさせてすまなかった」

「そういうわけでは……」

自覚がないわけではないのだろう。ネフィにしては珍しく、ごにょごにょと口ごもってしまう。

ザガンは自然な仕草を意識しながら、ネフィの正面に立った。

「それで、ネフィがもう不安にならなくていいような、いいアイディアがあるんだが、聞いてくれるか？」

「アイディア……ですか？」

首を傾げるネフィの前で、ザガンは片膝を突く。その手をそっと取りながら、懐から例の小箱を取り出した。

パカンと、小箱が開く。

中には、一対の指輪が入っていた。

「ネフィ。俺のものになってくれ。俺も、ネフィのものになる」

青白い月明かりの下、ザガンはようやくその言葉を伝えることができたのだった。

ネフィは言葉が出ないように口を押さえて激しく尖った耳を上下に震わせ、時計の秒針が一周するくらいの間動揺してから、ついには笑顔を作ってくれた。

「はい。喜んで！」

灯りのない大聖堂に、小さく拍手の音が響く。

シャスティルが号泣し、マニュエラがその頭を撫でたり、すでに着せ替えされたフェネクスがまだなにか喚いていたりと忙しなかったが、祝福してくれない者はいなかった。

翌日。〈魔王〉の告白は、号外として大陸を駆け抜けた。ザガンの警戒をよそに、バルバロスの〝やること〟というのはこれだったらしい。裏でゴメリやゴシップ記者と結託して〈封書〉まで作っていたというのだから止められるはずもない。ただ、〈魔王〉の婚姻を教会が取り持った事実は、彼らの立ち場をずいぶん回復させたという。

誕生日デートを全国中継されたシャスティルからの、ささやかな逆襲であった。

あとがき

皆さまご無沙汰しております。『魔王の俺が奴隷エルフを嫁にしたんだが、どう愛でればいい？』十八巻をお届けに参りました。手島史詞でございます。

本編はついにザガンとマルコシアスが邂逅しましたが、そんなことより表紙です！　ウェディングドレスのネフィが美しいー！　そこからわかるかもですが、今回もちょっと仕掛けがあるやつなのです。そうです、分厚くなりすぎて今回も上下巻編成で次回に続く感じなのです。マルコシアスもたぶんいじられるだけの人じゃないのです。

そして、アニメでございます！　ついに今月四月より放送開始になります。みなさんPVはもうご覧になられましたか？　みんなわちゃわちゃ動いてて楽しい仕上がりになっております。本編もどうぞお楽しみにー！

それでは今回も担当Aさまを始めCOMTAさま、板垣ハコさま、双葉ももさま、他関係者のみなさま、本書を手に取ってくださいましたあなたさま、ありがとうございました！

二〇二四年二月　夏みたいな気温の雨の日に　手島史詞

HJ文庫 https://firecross.jp/
1152

魔王の俺が奴隷エルフを嫁にしたんだが、どう愛でればいい？18
2024年4月1日　初版発行

著者――手島史詞

発行者―松下大介
発行所―株式会社ホビージャパン
〒151-0053
東京都渋谷区代々木2-15-8
電話　03(5304)7604（編集）
　　　03(5304)9112（営業）
印刷所――大日本印刷株式会社
装丁――世古口敦志（coil）／株式会社エストール

Printed in Japan
ISBN978-4-7986-3501-9　C0193

ファンレター、作品のご感想お待ちしております
〒151-0053　東京都渋谷区代々木2-15-8
(株)ホビージャパン HJ文庫編集部 気付
手島史詞 先生／COMTA 先生

ザガンとネフィ
遂に挙式!?

「あは、だったら代わりに私のお願い、聞いてもらってもいいですかぁ？」
『げえっ、アスモデウス！』
魔王の俺が奴隷エルフを嫁にしたんだが、どう愛でればいい？